暗箭

獨幕劇聖手——著

原創武俠小說

推薦序

少年，傳奇的開始

金萬藏 暢銷書作者，著有《上古神蹟》、《天崩》、《瑤池地宮》、《醉神香》、《致命航線》等。

夏日炎炎，太陽炙烤著大地，屋子裡空氣憋悶，讓人心底裡煩悶不堪，一如小說出現的中州那片土地，此刻，電腦前看著老獨的新作，小說一開篇，就出現和我現在境遇一樣的天氣，讓人感歎緣分的巧合。

我深吸一口氣，擦了擦額頭上的汗，一路看下去，看著看著，心情平靜了下來，我看到了一個少年的不易，曲折，敢於冒險的精神，炎熱的季節不過是一個歷練自己的過程而已。

我自己也寫小說，所以，從來就不覺得武俠、魔幻小說的淺，大師有大師的深度，通俗小說卻代表著我們的生活烙印。我覺得，不論什麼樣的小說，只要是傳遞正面能量，都能給人以啟迪，喚醒我們心底深處的力量。

沒有經歷過，你永遠不知道自己有多麼強大，小說的主人公正是這樣一個少年。

這本小說講的就是一個少年的冒險故事。

他是一個無名少年，出身低微，手無縛雞之力，卻有著滿腔的熱情和真誠，在這個靠武力解決一切的社會裡，可謂生存艱難。但主角並不認命，在逆境裡逐步成長起來。

這本書的色調是熱血的、激揚的，主角崇尚冒險，相信自己能度過一切難關，哪怕是再大的不幸，在他看來也是人生的一次機遇，他聰明機智，面對危險從不退縮，在別人布下的棋局中粉墨登場，縱橫沙場。面對風雲變幻，驚險旅途，他無所畏懼，一往無前。

所謂無巧不成書，書中充滿了種種不可思議的巧合，敘述節奏張弛有度，矛盾漸次展開，文字深入淺出，通順流暢，真相一次次浮出水面，精彩連連，讓人大呼過癮。相信一定不會讓讀者朋友失望。

自序

在棋局中品人生

這是一本熱血少年的傳奇故事。

書中採取了懸念小說常用的「遊戲闖關模式」，主人公徐明和他的每經歷一場爭鬥，都是能力提升的一次機會，從懵懂無知剛出道的少年到逐漸認識這個世界變得成熟起來。院的各種奇怪事情，各種妖魔鬼怪粉墨登場，廢材少年的求學道路註定不平坦。不但是武力的爭鬥，更是智力比拼，他是一個廢柴少年，有著神秘的身世；憑著努力他縱橫天門，識破一次又一次陰謀詭計。

總的來說，本書是一局棋，天下大勢，芸芸眾生，不過是局中之人。主人公總是落在一個又一個給他設計好的棋局之中，他總是有驚有險中化險為夷，在這個沒有規則只講實力的世界中常遇劫難，卻有著一腔熱血的成長之路。

最後，感謝金萬藏老師能為本書做序，他那份提攜新人的熱情讓我深為感動。感謝秀威出版社能出版本書，讓我的書有機會在心嚮往之地寶島臺灣以及海外華人地區和大家分享。

親愛的讀者朋友，希望你們能喜歡這本書，我一定努力寫出更好的故事來和大家分享。

目次

卷一 無為師長

六月的中州城天氣炎熱，即使清晨時分，太陽火辣辣地照著大地都要冒煙。

少年徐明走在林間小道上，他穿著短衣短褲，陽光穿過林間碎葉照在他的身上，徐明渾身冒汗，林間潮濕的空氣如蒸籠般讓他喘不過氣來。

這裡是中州城郊外，碧水藍天，風景宜人，可惜因為窮忙，為了糊口吃飯，很多人都沒有時間來觀賞風景，那些達官貴人們要等到秋後紅葉漫天時才來遊玩，所以，這裡平日裡很少有人光顧，便宜了那些閒雲野鶴的人在此逍遙。

這其中就包括徐明的師父，一位隱居在此的世外高人，至少他自己經常說，到底是不是高人就不得而知了，因為，這位高人從來就沒有教過他什麼武技，而徐明卻執著的跟了他三年。

三年來，他隔十天半月來一次，每次都是帶些吃的東西，還有師父最喜歡喝的酒，好在他家開了個飯莊，要不然，養這麼一個活寶可不是清苦百姓家能負擔起的。

「徒弟啊，你可來了，再不來為師可要餓死了。」一間茅草屋裡跑出個長髮老者，渾身髒兮兮，頭髮油膩不堪，有些地方打著綹，掛著草屑，他赤著腳，踏著碎石跑出來，臉上滿是孩子一樣的天真。

「這是十天的口糧，您省著一點吃。」徐明將包囊遞過去給他。

老者急於打開包裹，匆忙中以至於費了很多精力也沒有找到打開的方法，徐明歎了口氣，將那明明是活結卻被師父弄成死結的地方打開，老者伸出髒兮兮的手拿出一個饅頭，驚喜的發現還有一個豬肘子，樂的像個孩子一樣叫了起來，迫不及待的拿起肘子啃了一大口。

「還有酒。」徐明擦了擦額頭的汗，將腰間的酒壺摘下來遞給他。

「哈哈，知我者徒弟也。」老者笑道，將酒壺接過，美美地品了一口，卻不多喝，小心翼翼將酒蓋上。

「為什麼不喝了？」徐明奇怪的問道，要知道在以往師父會一口氣把它喝乾。

「我想起一件事來。」老者擦了擦嘴道。

「什麼事？」徐明更加奇怪了，根據他的經驗，師父很少會想起什麼事來，每天都傻呵呵的樂在當下。

「為師明天就要離開這裡了。」老者表情有點惆悵和不捨：「我要把這壺酒帶上，留在路上慢慢喝。」

「您要去哪裡？」少年的心動了一下，他久居中州，早有出去見見世面的願望，可是沒有人帶他出去走走。他那每天忙於生意的父親就知道賺錢，他母親早已去世，他從沒有見過母親的面。再以後，父親討了二房，對他自然照顧不上，認為給錢就可以滿足一切，也正是有了這位老者的出現，徐明的生活才有了些快樂，至少在他鬱悶時，和老頭說說話也是蠻高興的，他從來就沒有指望老者能教他什麼武功。

「為師這幾年過的渾渾噩噩，也沒有教你什麼武功。」老者有些愧疚地看著他。

徐明擺擺手，「至少我們相處的挺好。」不過，說實在的，徐明心裡也挺失落，一來是師父要走了，他又要一個人孤單了；二來，拜師三年，確實什麼也沒有學到……

「是不是我不適合練武？」他聽說過很多人不適合練武，也許自己就是天生的廢材。這片大陸叫天洲大陸，在這裡練武是需要練氣的，氣才是練武的王道，對於如何練氣，天洲的天門學府有很深研究，至於一般百姓，根本就不懂得氣的運用。

「非也，你所說的武技只不過是市井之人的打鬥而已，而真正的武技作為一脈相承的技藝，是有專門的學府傳授的，師父我再強大，也不過是一個人的力量，無法比得過學府那麼多老師的教授，所以，你想成為一名氣師的話，可以到天門學府中系統研習幾年。」老者說這話的時候，神色肅穆，兩道劍眉增添了幾分威武之氣，即使是光著腳，穿著破爛，也顯得那麼煜煜生輝，卓爾不群。

「去天門？是要離開中州嗎？」徐明滿臉喜色，盤算著盤纏夠不夠出行。

「當然，不過要離開故土，對於生活富貴的你未必是件好事。」師父望著他道。

「我要去。」他想也不想就決定了，出門遊歷是他多年來的願望。

老者看了他一眼緩緩道：「看不出來，你還有這番雄心壯志，其實，我早就為你寫好了一份推薦函，你帶著這封信，一個月後的初六趕到華山凌絕頂，那裡有天門選拔新生的比賽，如果你能入選，就有機會進入天門，記住，只有一次機會，一旦選不上，你還是回來老老實實做生意吧。」

徐明接過那皺巴巴的牛皮紙，上寫幾行歪字，拿到手裡，他有點不敢保證，這份推薦函就像一個隨手丟棄的擦屁股紙，扔在地上肯定不會有人撿的。

「徒弟，你有所不知……」老者剛要說什麼。

就聽到悶雷般的一聲巨響，整個山林都在微微顫抖。

要地震了嗎？徐明吃驚的回頭看著。他看到地面波動，好像一個強大的怪物要冒出來。

「沒想到她找來了。」老者微微歎一口氣。

徐明驚訝的回頭張望，四周突然間恢復了寂靜，並沒有什麼人啊，師父是和誰說話？

卷二 墳墓魅影

「燕翔子，別來無恙啊！」樹林裡一個聲音響起，如寒冰一般，徐明聽到這樣穿透力的聲音，身子好像被劍擊一般，生疼生疼。他驚訝的發現，原來聲音也可以傷人。

原來師父叫燕翔子，三年來，他第一次知道師父的名字。

燕翔子將徐明拉過一邊，對著空中道：「能在這裡找到我，看來你費盡心思。」

「要除掉你是我的願望，你欠了我的情就拿命還吧！」聲音再次響起。

一道黑線飛來，細如髮絲，閃耀著奪目光點。

飛線所過之處，樹木皆斷，齊刷刷被削平，徐明目瞪口呆，竟然有如此厲害的線，他是第一次所見，而那個人並沒有露面。

燕翔子將徐明推出好遠，摔的他骨骼生疼，渾身酥麻，一人高的草叢淹沒了他的身體。好在，他還能從草叢之間看到眼前的情景。

等到飛線靠近師父時，已經變幻成了一張密集大網。

就在這時，燕翔子出手了。

徐明看清楚，原來師父是有劍的，只是他從未見過師父的劍在什麼地方，也許他做到了手中無劍，心中有劍，召之即來揮之即去的境界！

劍與網之間發出刺耳的鏗鏘聲，等到大網穿過，出現一個缺口，被劍砍過的地方如一只毀壞的蜘蛛網在空中飄搖。

燕翔子面容鎮定，鮮血順著他的手指滴落，他還是沒有全身而退。

樹林裡出現一匹白馬，悠悠行走在草叢之間，馬背上沒有人，似乎是一匹孤獨的馬被遺落在林間。

「你終於肯露面了。」燕翔子突然對著那匹馬說道。

「你也知道我的習慣，我若是露面，必須是死人才能看到。」似乎是那匹馬在說話。

徐明大駭，驚訝的說不出話來，一匹馬怎麼會說人話。

「呵呵呵……」一聲女子的輕笑聲響起。

聲音忽東忽西，不知道在那裡，似乎是鬼魂之聲，在密林中遊蕩，徐明想起來，這裡曾經是墳地，樹木都是一座座墳墓成長起來，幾百年來，墳墓消失不見，還給大地的是一片茂密的森林。

聲音四處飄蕩，隱隱約約，透著女人的瘋狂，只有狠毒的女人才會發出這樣的聲音，這是少年徐明的觀點。

「燕翔子，今天就是你的死期。」傳來女人狂叫聲，無邊樹葉蕭蕭落下，白馬衝殺過來，徐明看花了眼，那匹馬的身上似乎坐了一個看不見的人，舞動著一把長刀，呼嘯而來。

燕翔子躲過刀鋒，馬匹凌空躍起，他的身影如閃電騰挪如一條黑線在動。

「噗！」

人影一閃，一把鋒利的劍穿透了他的胸膛。一個白衣女人出現在樹林裡。

「燕翔子，我說過今天是你的死期。」女人陰笑的說道，看不清她的面容，似乎她肯本就沒有面容，而是一張模糊的臉，模糊的沒有了五官，徐明躺在那裡，有一種失禁的感覺，他發現自己什麼也動不了，身體似乎被點穴了一般，想逃走是不可能了。除了一身的白衣，他什麼也看不見。

「死在你花月容手裡，我認了。」燕翔子嘴角都是血，身體晃了晃，跌倒在樹叢中。

徐明眼前一黑，差點暈過去，與他相伴了三年師父就這樣走了！作為他的徒弟，他幫不上忙，也不知道是誰殺了師父。

如果有朝一日，他有了報仇的實力，也不知道去找誰！

女子悵然的歎了一口氣，似乎殺了燕翔子，並不是讓她高興的事。不過多年的怨恨終於了結，這個該死的男人帶給她太多痛苦，殺了她，暢快多了，所有干戈一刀了結，從此以後，她安心修練，沒有任何牽掛。

忽然，她在空中使勁的吸了幾口氣，目光轉向徐明藏身之處。

徐明身子一哆嗦，她，她，竟然長的是那般模樣……宛如一具入殮的盛裝屍體，似乎是從墳墓中爬出來的，她的臉，讓他終身難忘，如果他還有終身的話。

一陣屍體的腐朽氣味飄過來，女子一步步向他走來。

女人邊走，歌聲響起：「風情漸老見春羞，到處芳魂感舊遊；多謝長條似相識，強垂煙穗拂人頭」歌聲淒涼，迎著陰風，帶著鬼泣，讓聽者毛髮豎立，不能自己。

一隻繡花鞋的腳在他身邊停了下來。

徐明忘記呼吸，爬在那裡一動不動，盯著那隻繡花鞋，身上已在篩糠，渾身發抖。

「唰！」那隻繡花鞋突然爆開，露出了如狼爪一般恐怖的毛爪，爪子張開，鋒利而猙獰。

「啊—啊—啊———！」

樹林深處，響起了徐明絕望和恐懼的叫聲。

卷三　鹿死誰手

夜色昏暗，徐明發出淒厲的叫聲，那是讓他終身難忘的一幕。

伴隨著淒厲叫聲，眼前一黑，他被一隻狼爪按住頭顱，這輩子算是完蛋了，短暫的青春一晃而過，他腦海中留下了過往片段，他感到死亡的降臨，原來死亡就是對人生的總結，並且留下那些美好的東西，毫無遺憾的走去，若是留下了憤恨，也許會變成一個厲鬼……

「唰！」

他聽到了劍的聲音，腦袋深深紮在泥土中，重劍的聲音清晰可見，喚醒了他頻臨的死亡邊緣。接著一個重物被移開，腦袋一鬆，把他按在泥土裡的爪子鬆開了。

恢復了知覺的徐明抬起頭，看到了令人震驚的一幕。

師父竟然復活了，在他的面前倒下的是那個令人恐怖的女人，此時，臉上綠毛橫生，密密麻麻，宛如一個沒有退化好的返祖人類，身穿白袍，頭顱被削去，這一幕他不敢往下看。

「她死了？」他坐在那裡，面無表情地問道。

師父搖搖頭：「這個不過是一個化身而已，真人是不能那麼容易殺死的。」

「她是什麼人，你究竟怎麼得罪了她。」徐明心有餘悸問道，他不敢想像師父以前是幹什麼的，怎麼會得罪這麼恐怖的人。

「她是一個傀儡師，我是一個劍師，我們的恩怨可以追溯到幾百年前。說來話長，她一直追殺我至今。」師父淡淡地說道，似乎不願回憶過去。那傷痕累累的過往，年輕的衝動，被他忽略過去，往事不堪回首，哪個年輕人沒做過一些見不得人的事，得罪過一些女人呢！不過都是過去的事了，他早已淡忘。

徐明從小生活在中州，一個沒有戰爭的小城，對於傀儡師、劍師、刀師道聽塗說，並不知道具體詳細的劃分。

燕翔子面色慘白坐在地上，呼吸沉重，捂著胸口道：「糟糕，我中了她的傀儡劍，這劍上有劇毒，怪不得她那麼放心我死去了。」

「劇毒？那您是怎麼挺過來的。」徐明一聽師父的話，忘記害怕，焦急地問道。

「傀儡門的劍一向不藏毒的啊！我失算了。」師父的話斷斷續續，開始大口的喘氣，彷彿整個樹林的氧氣都供不上他的呼吸。

「師父，我該怎麼救你。」徐明顧不得身上的疼痛晃著他的身體。

「你救不了我了，只有我自己能救自己。」師父說完，強忍著劇痛，用氣、凝神、劍鋒揮舞，在地上畫了一個大圈，然後圍繞著這個圈，一圈一圈攪下去，泥土飛揚，面前呈現出一個錐形的深坑。

「師父，你這是要幹什麼？好歹我手裡還有些碎銀，買口上好的棺材不成問題。」徐明心直口快，他以為師父要給自己找個墳墓。

燕翔子瞪了他一眼，「臭小子，你就那麼想讓我死嗎？」

「我只是……擔心……」徐明喃喃道：「對了，師父，那個女傀儡師為何一身的毛，她的腳為什麼和狼的腳一樣，有鋒利的尖爪，臉上長滿綠毛……」徐明不敢往下想，他能想到，僥倖活下來的此後，也許每天晚上這位傀儡師的面容都要在夢中拜訪了。

「她是故意為之，不過她的真實面容挺好看的，只是修練太過邪意，多了幾分戾氣，不然，也是大美女啊！」燕翔子邊幹活邊說。

他將身上的衣服撕成了布條，然後一圈一圈把自己裹的嚴實，腦袋都沒有放過，看上去像個木乃伊，又像一個活蹦亂跳的肉粽子……

「小子，我要在地下閉關修練，一年後你再來找我。」

「師父，那你怎麼吃飯喝水？」徐明撓著頭道。

「是閉關修練，不吃喝東西的，再說餓極了地下也有河流，也有動物……」燕翔子沒好氣地道。

「為師中了傀儡門的邪毒，須在泥土深處修練，靠天地力量將毒排出。你拿著為師寫的推薦函，去天門學府深造去吧，但願你今後有點出息。」燕翔子說完，人已經跳進深坑，坑上泥土宛如瀑布般洩下，沒用多久地面恢復了平整。

徐明有些發呆，望著平整的地面，他想不通，竟然有學死人一樣埋在地下修練的辦法。

遠處躺著橫死的傀儡門化身，師父也沒有交代該怎麼處理？

徐明想了想，不敢埋在師父的旁邊，怕毒氣太厲，滲進地面反而害了師父。他找了些樹枝，搭了個漂流筏，把屍體放在漂流筏上，順著小河流去了。

但讓他奇怪的是屍體一沾水很快就融化了，消失的無形無蹤。

他根本就不知道，那只是個傀儡化身，一旦失去控制，就會和自然融化，不會留下任何蹤跡，來殺燕翔子的人只是化身，真身並沒有來，可想此人修為已經到了非常高深的境界。

他懶洋洋回到家，已經很晚了，老爹正在和他的二房夫人聊天，屋子裡不時傳來了歡笑聲，根本不關心他去了那裡，徐明回到自己屋子裡，躺在床上，瞪著屋頂發呆，也許，真的該是離開的時候了，這裡沒有什麼值得什麼留戀的了。

第二天一早，他收拾好行囊來和父親告別，他本打算一個人悄無聲息走了算了，但想想還有這麼一個爹，還是告訴他一聲吧。

「爹，我要走了。」他站在屋外道。

「早點回來，不要玩的太晚了，錢省著點花。」他爹在屋子裡迷迷糊糊道。

「這次不會回來了，你照顧好自己，照顧好這個家。」

「吱呀」一聲門開了，他爹光著膀子走出來：「你說什麼，不回來了，你要去那裡？」

「我要去求學，天門。」他晃了晃手中的破牛皮條，說這話時心裡沒有底，師父說的是真的嗎？就靠破牛皮紙就能去學習？

「天門？」他爹撓撓頭，看著他手裡的東西，一臉納悶。

「這是真的嗎？」他爹將信將疑的問。

「不是真的我再回來唄，我都十四歲了，該出去長長見識了。」他也撓著頭。

「也是，不是真的，你小子還不得回來，哈哈，盤纏帶夠了嗎？」他爹笑了起來，兒子大了，就讓他出去走走也是好事，留在家裡和二娘作對，他也心煩。

「那就去吧，就當是遊山玩水了。」他爹豪爽答應了。

卷四 離開故土

天門在什麼地方，對於中州這種小地方的人來說，幾乎很少有人知道，幾百年來，這裡的人就沒有被天門錄取過。

打聽不出天門，徐明只好打聽華山凌絕頂，華山自古就是修道人士聚集地，出了很多有名的劍客，打聽華山很多人知道的，徐明家境還算可以，至少出門遠遊沒有問題，一路上，倒是玩的開心，遊覽沿路的風景名勝，吃喝住在客棧，走累了就雇馬車，用了一個多月時間，掐著日子來到華山。

師父留給他的牛皮紙上說選拔在八月初六。

華山凌絕頂，高有千丈，山勢陡峭，常年積雪，山頂寒冷，白雪皚皚，據說只有那些閉關的高人才有資格在凌絕頂修練，平日裡看守很嚴。

果不出所料，來到華山才知道，原來知道天門考試的人也不少，至少他碰到了一、二十位，都是少年才俊，玉樹臨風，看上去身手不凡，人中龍鳳。

看到那些人結伴而行，平日宅慣了的徐明有點落寞，又看到大家休息時比劃著各自的武技，交流心得，華麗的招數，眼花繚亂的步法，徐明內心裡多了幾分自卑，他啃著大餅，坐在遠處觀看，對自己這次莽撞之旅感到疑惑，就憑師父留下的紙條，什麼都不會，天門怎麼會收留他這種人？

自己想想也覺得不可能！

落寞了一會兒，徐明很快又快樂起來，雖然被錄取幾率低，但至少完成了師父「遺願」，帶著他的推薦函來華山了；其次，一路走來，認識了不少朋友，欣賞到美麗的風景，增長了見識，豐富了閱歷，也算不虛此行了。

就在這時，就聽得耳旁風聲四起，宛如一陣狂風平地而起。

徐明以為遇到了地震，一骨碌坐起來拔腿就跑。

只聽「砰」一聲，身後一聲爆響。

他邊跑邊回頭，就見一個身穿青色長衫，個子比他高出一頭的少年，正使了一個雙峰貫耳，發出激烈的爆破空氣聲。

「兄弟，我是想和你交流下武功心得，你怎麼比兔子都跑的都快。」那人道。

徐明落荒而逃的場景讓在場的人都發出哈哈的嘲笑聲。

「我，我不知道……」徐明尷尬地道，臉色通紅，他其實想說我不會武功，又怕當著大家的面說出來更惹出一場笑話，索性不說了。

「在下王嘉明，冀州人。」

「在下徐明，中州人。」

「哈哈，我就說，我們兩個有緣嘛！都有一個明字。」王嘉明大笑起來，徐明也被他豁朗的笑聲感染了。心裡也就不怪怨他剛才的突然襲擊了，雖然對他造成的驚擾讓大家當笑話看，生性豁達的徐明很快就不在計較。

兩人就算認識了，徐明不太喜歡說話，尤其是主動和陌生人交談，現在兩人談笑風生，很是快樂，像是多年老友。

就在這時，只見遠方出現道道紅光。

天降異象！

眾人被眼前的天色驚呆了，彩色的雲朵出現在西邊，陣陣令人沉醉的聲音伴隨著雲朵響起。

「難道傳說中的天門學府是在天上？」

「我們趕緊去凌絕頂吧！」有人道。

眾人醒悟過來，一蜂窩向山澗小道上跑，要知道究竟是不是天門的人降臨，必須到山頂才能知道。

徐明倒是沒有那麼著急，和王嘉明落在後面，兩人邊走邊聊，向山上趕去。

一路上，兩人成了無話不談的朋友，王嘉明和他一樣，都很誠實，內心裡也有表現自己的慾望，要不然，也不會眾目睽睽之下，招呼不打就來和他交手了，這大概也是不會說話人的行為吧！

通往凌絕頂的道路上，果然不是那麼容易。

遠處亮起了火把，幾個道士模樣的人守住路口。

有幾個人被拒絕登頂。這些人罵罵咧咧，有幾個聯合起來出手了。

值守的道人卻兩耳不聞，他身邊站著幾個小道士，看起來年紀只有七八歲的孩子，比他們歲數都小了一少半。

當那幾個鬧事人要闖關時，幾個孩子立刻出手，霎時間，人影閃現，罡風呼嘯，將鬧事人團團圍住，劍舞聲動，還沒有看到如何出手，幾個鬧事的人兵器散落地上，每個人都是鼻青臉腫。

「這是華山派的青靈陣法！」王嘉擦了擦眼睛道。

「青靈陣法？」徐明知之甚少。

「青靈陣法是華山派獨門絕技，據說，只需要幾個武功平常的人擺出一個陣法，就能把成名高手置於死地，其陣法變化多端，銳利十足，殺氣逼人，這幾個孩子算是手下留情了。」

「這麼厲害！」徐明咋了咋舌頭，一身冷汗。幾個孩子身手讓他大開眼見，同時心裡也是暗暗下定決心，如果能給自己一個機會，一定會忘我學習，希望自己有朝一日也能成為高手。

那幾個打敗的人下山去了，雖然不服氣，但不得不下山。

經過前面人的議論徐明才知道，原來這幾個傢伙被趕下山的原因是沒有推薦函，他們想憑著絕技一展身手，得到學府認可，但不想連幾個孩子擺的陣勢都沒有過去，只好失落的回去了。

徐明聽到這裡暗暗鬆了一口氣，至少他是有推薦函的。

前面有推薦函的人都順利通過了。

凌絕頂就在眼前，美好前程等待每一個人。

終於輪到了他們兩個，王嘉明拿出了推薦函，值守道士打量了他一眼就讓他過去了。

徐明忙拿出了自己的推薦函。

看過推薦函，值守的道士微微點頭。

徐明心裡一下豁然開朗，原來師父沒有騙他，果然是學府的推薦函。

就在他得拔腿就要走時，值守道士忽然眉頭一皺，伸手攔住他的去路。

「且慢！」

徐明不理解的看著那道士，心道，不是查驗完了嗎?怎麼又不讓走了。

這時，他看到那幾個擺青靈陣的小道士，在各自位置挪動，只要他膽敢往上闖，結果可想而知。

「為什麼不讓我過去?」徐明焦急的道。

一旁，已經過了關的王嘉明愛莫能助，但他沒有走，對道士說道:「道長，徐明還不曾學習武學，他應該不會有惡意。」

道士站起來，摸著小鬍子問徐明，「你的推薦函是怎麼來的？」

「我師父給的。」徐明脖子一梗，理直氣壯地說。

「你師父叫什麼名字？」道士又問。

「燕翔子。」徐明痛快地說道，好在他知道師父的名字，不然，真有點尷尬。

「燕翔子五十年前縱橫天下，劍法已經練就到渾然天成的天人合一，是赫赫有名的劍學大師，怎麼會有你這樣的徒弟？」道士繼續追問。

「我，我怎麼啦，燕翔子怎麼，就，就不能收我為徒？」徐明結結巴巴地道，有點心虛，沒想到師父這麼大名氣，但怎麼會輸在花悅容手下呢，他越來越覺得事情蹊蹺，而且師父為什麼在中州一待就是三年，三年時間徐明和他一起度過，他並沒有看到師父研修過任何武學，也許師父早已忘記從前？徐明想了很久也沒有想明白，畢竟，大人世界他並不瞭解。

「我看你身體孱弱，手無縛雞之力，老朽不明白，燕翔子為何會收你為徒？」道士說道。

徐明心裡惱火，但也無話可說，被人打量了一眼骨骼就看出來沒有武學根基，以後日子真不好混啊！不過這時他若是退卻以後就再也沒有機會了。

「我為什麼就不能是燕翔子的徒弟，我師父在中州時選了我，但他還沒來得及教我，就遭遇不測，臨別時將推薦函交給我，讓我去天門學府深造。」徐明淡定的道。少年的心此時平靜無比，一旦露怯就是終身遺憾。

果然，那道士聽完他的話，臉色有了變化。「看來你有自己獨特的天分，不然燕翔子怎麼會看上你。」道士背著手看他，依然是毫無資質的廢材，也許是自己這種境界人看不出來吧，他鬱悶的搖搖頭，怪人挑選徒弟也怪，就像徐明這樣的貨色，一抓一大把，真不知道燕翔子怎麼想的。

卷五　人選不佳

「快走，不然就來不及了。」王嘉明拉著他一路飛奔。

「王兄，多謝你等我。」徐明很感激，王嘉明在他危難時幫著說話，不顧選拔臨近一直等著他，就衝這個情分，他覺得王嘉明是個可以交心的朋友。

一路奔襲，崎嶇山路，冷風呼嘯，一個時辰後，兩人氣喘吁吁的站在凌絕頂上。

山峰獨立，冷風吹面，天空清冷，只有一彎鉤月掛在天空。

眾人都在疑惑中，就在他們沒有登頂之前，就看到西方祥雲繚繞，仙樂飄飄，怎麼上了山，卻什麼也看不到。

大家七嘴八舌的議論著。等了一會兒依舊沒有動靜，很多人開始罵罵咧咧，有的埋怨自己運氣不好，肯定是被騙了。

就在這時，明亮的鉤月下隱隱約約出現三個黑影。

就像從月亮上飛下來一般。

等到近了，眾人驚訝無比，三個人猶如仙子般站立在雲朵之上，耳邊傳來陣陣樂曲。

「學府的人來了！」大家一下安靜下來，誰也想不到學府的人竟然是踏雲而來。

等到他們降臨在山峰，眾人才看清，原來他們踏著的是一片青色錦緞，錦緞柔軟如雲，在他們腳底有著奇妙變化，在徐明看來和踏著雲朵也差不多了，他內心一陣激動，師父沒有騙他；同時，他也好奇猜測，那神祕莫測的天門究竟在那裡？他恨不得馬上就去，學會這種自由飛翔的本事。

等到三人緩緩落地上，大家的內心驚訝到了極致，三個人都是那麼出眾，一眼看上去就知道是人中龍鳳。

中間的是一個女子，皮膚白皙，個子高挑，一襲青色長裙，腰間繫綠色腰帶，格外出眾。她的到來讓在場人呼吸都有點不安，想看又不敢看的心情在每個人心裡糾結。

「三年了，就推薦來這些人？」美女旁邊一個身材壯實男子有點失望，掃視了一下眾人，沒有發現讓人眼前一亮的人選。

「是啊，好像這次推薦來的人是讓人有點拿不準呢！」另一個男子說道，男子貌美如花，臉色白淨，說話細聲細氣，像個太監一樣，只是身材高大，讓人有點拿不準。徐明心裡也奇怪，怎麼學府的人會有太監？

「我們還是試試吧，一個一個問。」中間女子道，聲音宛如百靈鳥的歌聲，清脆入耳，讓人回味。

三個人對眼前一幫來面試的少年很失望，沒有一個能讓他們眼前一亮，商量了一下，決定還是試一試再說。

「怎麼試，讓他們較量嗎？誰的武學造詣高就選誰？」女人氣質的男子道。

「我看行。」壯實的男子也同意。

「不行，這樣不合理。」中間女子看上去說了算，她一句話否定了兩人提議，道：「有些人其實並不適合練習武技，但天資聰惠，比如控魂門就缺少優秀的人才。」

徐明剛剛燃起的希望很快破滅了，他聽到女子說比試不合理，心裡一陣高興，因為不比試他才有機會被選上，而現在一聽什麼控魂門需要沒有武學基礎，心裡又不禁一陣失望，心道，堂堂學府竟然還有控魂門，這是怎麼回事兒？

他的心裡，對學府打了一個大大的問號。

說話間，三人收了錦緞，錦緞在他們手裡疊成小方巾，裝在女子的袖子裡。

「我們先問一問各自師承，是誰推薦來的，然後再決定吧。」女子想了想，說出了自己的想法，兩個男的一聽也沒有意見。

他們讓大家排好隊，然後一個個問。

先是問了第一個人，那是個臉色通紅的少年，不知道是為什麼，他的臉總是那麼紅。

「說說你的師承吧？是誰推薦你來的？」女子和藹問道，聲音柔軟似水。

「我的師承是大踢鬼，他，他給我推薦函，說我的膽子很大，可以做控屍門。」男孩結結巴巴地道。

「你沒有通過。」女子冷冷的拒絕了他。

「為什麼啊？」男孩滿臉失望。

「因為你很善良，不適合去控屍門，推薦你的大踢鬼是學府敗類，他的推薦資格早被本門取消了，沒想到他還到處濫用許可權，實在抱歉了。」女子禮貌的說道。

「對不起了，下次有機會了。」壯實男子拍了拍他肩膀，同時送給他一個厚厚的包裹。

「這是什麼？」男孩略有意外。

「這是天門一點心意，對於沒有選上的人，我們送上的一份安慰，但也價值不菲哦！」那女子相的男子道。

男孩沒有捨得打開包裹，抱著包裹泱泱地下山去了。

接著又是詢問，但都沒有被選上，不是推薦人沒有資格，就是偽造推薦函。

一番打擊過後，又有四五個人帶著禮物離開了。

「你是一個女孩？」就在快輪到徐明的，他緊張的都能聽到自己心跳聲了。

突然間，聽到這麼莫名其妙的一句話，不知道該怎麼回答了。

作為考問官的女子突然問道。

徐明慌了一下，誰是女子？莫不是說自己，他正要辯解，就見前面站在的那個男孩，摘下帽子，露出瀑布般的秀髮。他心裡鬆了一口氣。

「這怎麼解釋？」女子和顏悅色的問道。

「沒什麼，出門方便一點。」女孩原來是男子打扮。

「我來自青山，推薦人是夜風。」女孩將推薦函遞給她。

女子眉毛一挑，大為驚訝，「夜風每年都要推薦五位人選給我們，怎麼今年就你一個呢？」

「因為他們敗了，夜風改了規則，只推薦一個人，五個人搶一個資格，我搶到了那個資格。現在我對自己勝出依然有希望，不在乎多一輪淘汰賽。」女孩淡淡地說道。

「你叫什麼名字？」女子問道。

「寧靜。」女孩平靜地說道。

「哼哼，只怕你的名字和你的性格不符吧，寧靜未必寧靜。」女子咯咯一笑，隨即，臉色一沉，道：

「你的眼睛有一隻是紅色的？」

「不錯，我就是血色瞳，天生殺手。」女孩很平靜地說道。

「啊，血色瞳，百萬人中都難得有一個，天生殺星啊！」壯實男子感歎道。

「這個人我們要定了。」那有點女相的男子笑了起來。五十年了，殺手門沒有進過新學生，整個學府，也就是殺手門冷清了。天門分內院和外院，殺手門屬外院，他雖然是傀儡門的人，但為殺手門推薦優秀的人才也不錯，畢竟大家都是外院的人，而對於天門內院的人，他並沒有多大興趣。一直以來，內院和外院的人都是對立的。

「好吧，你被錄取了。」女子說道。

「我就知道我會被錄取的。」女孩依舊平靜，站在一邊。

女考官歎了口氣，選了那麼多人，最後只給殺手門選了一個學生，難免有些失落，當看到徐明時，顯然更失落了，一眼看去就資質平平，沒有什麼讓她眼前一亮資格，真有點放棄的想法。

「談談你吧。」最終，她還是決定將這個人面試完。

「唔，我叫徐明……」徐明緊張的不知道該說什麼好了。

「誰推薦你來的？」主考官不悅皺了皺眉頭，他很誠實質樸，也許這是他唯一的優點了。

「燕翔子。」徐明鎮定了一下，他看到了女子不悅眼神，內心也有爭強好勝一面，作為男人，怎麼能在女人面前丟臉，心道，「去她娘的，大不了老子不去什麼學府了，還有什麼殺手門、控屍門，聽起來也不是什麼好地方，來這裡就算遊玩了，還能得到禮品，值了！」

女子異樣的看了他一眼，看來他還是有骨氣的。

「燕翔子？」女子沒有反應過來時，另外兩個傢伙叫起來。

女子這才回過神來，臉色突變，有點激動抓他的手，「你，你是燕翔子推薦來的？」

「這是推薦函。」徐明將推薦函給了她。

女子懷著激動的心情看完推薦函，那個不起眼的牛皮在她那裡是那麼珍貴，以至於捂在胸口，久久不放。

徐明費解，這麼漂亮的女子這麼會對師父那麼「深情」，看起來他們年齡相差好幾十了吧，要不，她就是師父的女兒？

「啪！」一掌用力的拍在他的肩頭，徐明一個不小心差點踉蹌倒地。

拍他的人原來是那個面帶女相的男子，看他一臉慘樣，笑呵呵地道：「對不起，你沒有被錄取。」

卷六 體驗成功

「為什麼？」徐明挺了挺腰板問道。

女子面相的男人一臉陰笑。

「大哥，求你離我遠一點吧。」徐明忙道。

「怎麼，你對我有意見？」那人不悅的道。

「就是求你離我遠一點，如果這也算是意見的話。」徐明道，「你還沒有告訴我答案。」

「呵呵，答案很簡單，你資質平平沒有根基，來學府連根毛都不算。」顯然，他也看出了他的本質。

徐明有些氣餒，看來誰都能看的出來他沒有什麼資質。

「廢話，有資質能來你們這裡嗎？我是來當學生的，既然師父推薦了我，肯定有他的理由。」

「你……」那人見他抬出燕翔子，一時語拙，總不能說燕翔子沒眼光吧！以他的資歷談燕翔子是沒有資格的。燕翔子是誰？學府的人都知道，他是天門的老大。燕翔子是他出道的道名了，他還有一個名字，比燕翔子更響亮，說出來嚇死人的。

「你被錄取了。」那個年輕漂亮的少女拍板做出決定。雖然他很一般，但燕翔子肯定是有道理的，當然不能不收徐明了。

「我就知道你相信我師父的眼光。」徐明吹著牛，心裡鬆了一口氣，懸著的心算是放下一半了，他終於有機會進學府了，沒有想到燕翔子名頭這麼好使。

「我相信他的眼光，燕翔子師父的眼光是不會看錯的。」女子眼睛中雖然有懷疑，但還是容納了他，「你的潛能也許在未來。」她說了一句模棱兩可的話，將徐明潛能往後推了N多年，如果沒有這個理由，收下他真需要一個理由。

「燕翔子也是你的師父？」徐明大吃一驚，沒想到他會有這麼漂亮的師姐。

女子點了點頭。「我承蒙他指點，才有今天的地位，我是天門的核心學生。」

「這麼說我該叫你師姐了？不知道師姐如何稱呼？」徐明順著桿子往上爬。徐明根本就不瞭解什麼是核心學生，如果知道天門只有五個核心學生，其中就有這個女子，也許他就不會這麼看了，核心學生是精英中的精英，是天門未來管理者，也許，就是將來天門的大院長。

「我叫李如煙，不過，現在你應該叫我老師。」女子笑了笑道，她師從燕翔子，學業完成後在學府任職，徐明當然的叫她老師，而不是師姐了。

徐明通過，輪到王嘉明了，王嘉明有點驚慌，好在看到徐明向他擠了擠眼睛，那意思是說，我都能選上，你肯定沒有問題的，王嘉明心裡鎮定下來。

女子讓王嘉明表演了一番劍術，又看了師承，好一通盤問，最後，算是勉強通過，並被告知如果進學府三個月不適應，還是要被送回來的。

「大家都上來吧！」女子抖開錦緞，如變魔術一般，那塊錦緞增大幾十倍，被選上的有五個人，都有點心虛的站上去。

隨後，錦緞無風而起，飄然山谷之間，猶如一葉扁舟乘風破浪，在天地之間翻飛，坐在錦緞上，真有一種得道成佛的感覺，彷彿要飄然而去那西方極樂世界。

河流大川如線條飄過，華山淩絕頂漸漸消失在視線中，一行人飛的很快，穿過山谷，越過溪流，冷風嗖嗖，身體被凍得近乎僵直，那傳說中的學府究竟何處？

一路上，聽著那幾個來招收他們的考官談話，徐明隱隱知道，學府內部黨派很多，鬥爭激烈，而且，學生中鬥爭也很激烈，只有那些經歷過鬥爭，又能倖存下來的人才能在學府有立足之地，老實人會被欺負死的。

說到這裡，招收他的師姐不禁看了他一眼，心道，這可憐的孩子能不能經受得住折磨都很難說了。

幾個時辰後，他們來到學府。天門的宏偉讓人驚訝的說不出話來，山巒雲層之上，彷彿天宮一般，高高山峰削成平地，一座接一座的宮殿連綿不絕，不知道有多少人，多少宮殿。怪不得世人皆不知道天門在什麼地方，原來在雲端上，遠離人間的世外桃源。

他們從東門被帶進去，高大巍峨的門匾上寫著四個鎏金大字，「天門學府」。只是這裡位於什麼地方，大家離開家鄉已經多遠就不得而知了。唯一有印象的就是天門山下有個桃花鎮，桃花鎮上桃花爛漫，煞是好看，那是李如煙指點給他們看的。

他們被帶到接納新生的地方，大家才發現，他們不過是一份子，同時來的還有其他州的同學，加起來有上百人。這就是今年天門學府全部新生了，大家被安排在外院某個地方，也不是說他們是外院的人，而是外院的地盤大，可以安排新生。

「新生暫不分門類，統一教訓，統一食宿，等到明年細分，同時，你們將接受嚴厲的考驗，只有優秀者才能有資格進入天門學習，不合格會被送回去，希望你們多多努力，好自為之。」將人帶到，李如煙他們就走了，來講話的是負責學生的輔導老師，一個花白鬍子的老頭，說話和藹，眼神犀利，看的出來，誰要是想和他過不去是很危險的。

「現在你們被分成五個班級，一個班級二十人，彼此認識一下，然後選個班長出來，記住了，以後我有事直接找班長，一切聽班長安排。」老者說完將新來的人隨意劃分成五個班級。

「看起來，班長實力很大，以後就是大家的頭兒了。」

徐明早就立志要有一番作為了，心裡暗想，一定要當班長，有了當班長企圖，他立刻不一樣了，主動和大家問候，把每個人名字都記住，給大家留下非常好的印象。

就在大家都休息時，他來到為新生提供資料的藏書室，一間屋子而已，登記辦卡，可以借閱常用的書籍。

徐明來這裡的目的明確，他要在競選班長之前，先瞭解學院情況，比如在什麼地方，和什麼國家接壤，周圍情況如何，這些他們都一無所知，如果他能比別人瞭解的多，那麼，當班長的成功率就提升了幾分。

卷七　天門學府

在藏書室裡看了一晚上的書，連晚飯都沒有吃，管理室的老頭目光流露出讚許，他來這麼久了，從沒有新生第一天來了就辦卡看書的，徐明是第一個。

晚上回到宿舍，因為回晚了，被安排在最靠門的地方，這個地方夏天蚊子多，冬天冷，但徐明毫無怨言，沒有說什麼，心道，早晚我會有單獨房間，他查看資料，如果能做到大家認可，學院都會給優秀的人提供單獨宿舍，一個人一間該多爽啊！徐明睡在門口，做著享受單獨宿舍的美夢，沉沉睡去。

第二天吃過早餐，大家聚在一起開始選舉班長。對於班長眾人各抒己見，有的人說要選這個人，有的人說要選那個人，還有人毛遂自薦，一時間亂作一團，吵個不停。

徐明一直默不作聲，見時機到了，他站起來說：「大家不要吵了，我看，我們要把選班長條件列出來，大家對每一個提名人進行比較，班長人選很快就能定下來。」

王嘉明聽罷第一個贊成：「我看徐明意見很中肯。」

「選誰都一樣，反正我不想當。」身為殺手門未來新秀，寧靜不屑一顧，她也覺得徐明提議很有道理。

「首先，做班長應該武藝超群，鎮得住人。」有人道，他叫王大成，也許，只有徐明能叫得出他的名字。

「好，武藝超群算一個。」徐明走到講臺上，把選班長的第一個條件寫在黑板上。

「長相高大帥氣。」有人提議。

「有實力，比如財力雄厚。」

「會聯絡感情，讓人服氣。」

「學識淵博，有管理才能。」

徐明按照大家要求一一寫上。

「大家看看我們在座有這樣的人嗎？」徐明拍了拍手上的粉筆灰問道。

眾人愣了一下，大家都細細看了下班長條件，感覺不是選班長，好像未來丈母娘選女婿，各方面都有要求。似乎，沒有一個人能符合這樣條件。

「我覺得我挺合適的。」一個高大帥氣男生站起來，他叫黃浦江，家境富裕，從小練習武藝，長相不錯，按理說他比較占的優勢多，符合班長中的好幾個項目。

「我也覺得黃浦江合適。」和黃浦江睡上下鋪的一個傢伙首先贊同。

「黃浦江做班長我們服氣。」和黃浦江一起吃飯幾個同學，後來黃浦江付了帳，這時候大家都來捧場。

「好，既然大家都有選黃浦江意思，那麼，我就學識淵博一項，請教未來班長幾個問題。」徐明表情平淡問道。

「好，你問吧。你會的我都會，你不會的我也都會。」黃浦江很得意，他沒有把眼前這個瘦小男生，武藝不這麼樣的人放在眼裡的，這傢伙即使給他做跟班都不配，還自告奮勇去講臺上，真佩服他的勇氣。

「好，我想問的第一個問題，我們現在在什麼地方，周圍都有哪些地理環境？」徐明問道，一個貌似簡單的問題，但大家都沒有想過。

黃浦江一聽頭大了，「我們在什麼地方？這也太好回答了，我們在天門啊！周圍地理環境？有雲層，有河流，山川。好像在天上一般。」

「錯，我們現在的地理位置在天州大陸，天州大陸西面是一望無垠的沙漠，沙漠吞噬了天州領域三分之一的面積，沙漠盡頭就是禁忌之地，傳說中有鬼界的人就在那裡居住，這片能吞噬一切的大沙漠是阻止鬼魂人在此入侵的天然屏障。天州南面是綠洲，東面是我們大家居住的各個州，都在東面，北面則是閃電州，據說那裡常年閃電雷鳴，那裡的人都很強大。而天門是天州大陸的重要領域。」

徐明滔滔不絕講完所地理位置，大家都有點發懵，原來他懂的這麼多。

「這算什麼，我要是待上幾天也知道了。」黃浦江不屑地道。

「那好，我再請教一個問題，為什麼天門學院分內院和外院？」

「這還不好解釋，內院人修為高深，外院人修為不高，有很多我們這樣的新生。」黃浦江道。

「不對。」徐明搖搖頭道。

眾人一愣，難道內院和外院還有別的區別嗎？大家一臉茫然，都想知道究竟是為什麼分內院和外院，這時，很多人看徐明的眼光都變了，他懂得好多啊！

卷八 非你莫屬

見眾人都不明白，徐明道：「天門本來沒有內外之分，因為一百年前鬼魂人入侵，天門學院兩派立場不一樣，對於如何對付鬼魂人有明顯分歧，最終分裂成內院和外院，但大家一致對外，只是用的方法和策略不同，到後來，鬼魂人被滅，內院和外院因為教學不同，互相競爭，最後發展為內院和外院。」

「胡說，為什麼我們都是在外院而沒有一個進內院的？」黃浦江呵呵笑道，提出反駁，他想這個傢伙簡直是張嘴說胡話，連內院和外院都不懂，明眼人一看就明白，外院收的是新人，內院培養的是高人。

「因為這是外院地盤，但在二年級，就會根據大家愛好分開，比如殺手門就是在外院，而劍學門在內院，難道殺手門就比劍學門厲害嗎？只要大家有興趣，去哪個門學習都是自己的事情，這裡崇尚的是個人發展。」

「原來如此，終於明白我們在那裡了。」

「也知道我們的內院和外院的區別了。」

大家都在交頭接耳，聽了徐明的話受益匪淺。

黃浦江漲紅了臉，覺得很沒有面子，但又不知道該怎麼辦，想了想終於想到個辦法。

「我知道你叫徐明，看來你也有心競選班長了，你有種和我比試武功嗎？」黃浦江從小習武，有一定武學基礎，他看到徐明弱不禁風，骨架也不堅實，肯定不是自己的對手。

「有本事和我來比。」王嘉明一聽黃浦江要比武，立刻接過話來說，他知道徐明根本就沒有什麼武學底子，肯定贏不了。

「比又有何妨。」徐明輕描淡寫的說道。

「那就出去咱們練練。」黃浦江一聽他的話，挑起大拇指說道。

「我想，能來天門學府的人都應該有一兩把刷子吧。」徐明淡淡的說道，這句話的意思很明顯，老子能來這裡肯定不是吃素的。

「就是，黃浦江你別小看徐明，別以為徐明外表文弱就好欺負。」寧靜說道，對黃浦江挑釁的語氣很不滿。

「我想，大家能來這裡，能力也不相上下，等各自學成了，再來較量才能分出一二，現在比為時尚早。」徐明一笑。

「對，我們是來學習的，還沒學到東西，有什麼可比的。」王嘉明道。

「好，我既然已經站在講臺上了，就義務做一次計票員吧，誰的票數多，誰就是班長你們說好不好？」

「好！」眾人對他這個主意都很贊同。

很快，有人在唱票，有人在計票，大家都忙碌起來。

「王嘉明，一票。」

「徐明，一票。」

「黃浦江，一票。」

最後，全部唱完票——

大家看見黑板上清楚寫著，徐明十三票，黃浦江四票，王嘉明一票。大家也都清楚的記得，徐明是投了黃浦江一票的，而黃浦江好像棄權了。

結果顯而易見，徐明當上了班長。

徐明心裡鬆了一口氣，當上班長，不過是第一關順利通過，後來麻煩想也想不到，尤其是他這個沒有武學根基的人身上。

講第一節課的是一位刀師，刀師背著一把厚重鋼刀走進課堂。

一進課堂，他把刀重重放在講臺上，激蕩起一陣粉塵土，嗆的前排的人只想罵娘，但看到他滾圓的胳膊，粗壯肌肉，這個念頭很快就打消了。

「今天我來給你們講刀法的理論，其實要依著我的話，講個什麼狗屁理論，先把你們這些新生集訓上一個月有點基本功在談刀法，你們也許很不服氣，以為自己是天之驕子，被天門學府選上的人才，在我眼裡，你們不過是炮灰，只有少數的精英著最後會活著下來，你們當中的大多數人將不會存在。」他一上來也不打算自我介紹一下，直接說大家都是炮灰，讓很多人臉色不是很好。

「你們記住了，我講的刀法理論，以後都會用到實踐中去，理論越紮實，未來提升空間越大，這裡是天門學府，不是一般江湖野路子，能來這裡你們是幸運的，至少在當炮灰之前還學習過系統的理論。」刀法師似乎覺得有點委屈，和這幫新生談刀法理論就是浪費時間。

「刀渡惡人魂，當年發明刀法的先祖，就是為了在打仗中輕易制勝，在百萬軍中取上將人頭，自然是刀法最為犀利，而刀法在天州以外都被濫用成了花架子，什麼步法、刀法，都是為了好看和表演用的，一上戰場狗屁不靈，我講的刀法是簡練流暢，一刀一勢，腳踏實地，如同寫字，從橫平豎直開始，但一筆一劃最難掌握，這就是刀法的基本要義，下面我來給大家演示一番，你等隨我去外面觀看，明天我就要你們重複一遍我說的理論和套路，記住要一個字不差。」

刀法講師說完，將二十個人拉到門外，演練了一套基礎刀法，果然橫屏豎直，很容易理解，但眾人在比劃時都感覺到，越是簡單的東西越難。沒有甩頭亮相，沒有花樣百出的套路，只有實實在在的拼殺技能。

「好了，我今天就講到這裡，記住我的話，明天要一招不差的給我比劃出來，我講的理論都必須記住。」

刀師講完走了，走時，路過徐明身旁，留意了他一眼，這孩子動作要比其他人標準多，好像手把手教過他一樣。

「講的理論，套路，都要記住，而且，要一招不差比劃出來。」刀法師剛走，槍法講師又來了，說的是同樣的話，同樣對他們看不起。

大家都有點頭疼，這一天下來要灌輸多少知識，下午還有拳法老師、劍法老師……如果都是這麼要求的話，還不死人……

卷九　劍學老師

最後一節課，劍師到來，給了他們不一樣的感受。

講授劍法的老師是一個邋裡邋遢，好像沒有睡醒的中年人，比起其他老師口若懸河，滔滔不絕，誰也看不上，老子天下第一的自信，劍法老師相對來說木訥了許多，站在講臺上，陷入了沉思，半天沒開口，下面有的同學已經睡著了，聽了一天的課，睏意十足，不用枕頭就能睡著。

這一堂課，在劍法老師漫長的沉思中度過，直到過去了一半時光，他才緩緩道：「其實，我是最沒有資格來講劍法的，劍法的真諦我還沒有悟得徹底，真是愧對大家了。」

話音剛落，下面立刻有幾個人閉上眼睛，還有殺手門的人選寧靜，她生性高傲，一聽劍學講師自己都沒有懂就來講課，當下也不客氣，站起來出了教室走了，她對劍法不感興趣，借這個機會正好透一口氣。

「做一個劍師，不一定要用劍，也不一定要會武功……」劍法老師講到這裡，台下有幾個不滿同學嘀咕道：「那我們也不一定要學。」領頭的黃浦江帶著幾個弟兄走了。

又走了幾個，教室裡稀稀拉拉只剩下徐明、王嘉明等幾個人了。

徐明也覺得不好意思，身為班長，沒能管住大家蹺課，結果只剩下三個學生在聽課。不過他聽的倒是津津有味，尤其是老師講到不一定會武功他很有興趣，不會武功，就能加入劍學門嗎？徐明對劍學門充滿了興趣。

「老師，既然什麼都不用學，那怎麼才能成為一名合格的劍師？」徐明問道。

老師沉默了一會兒，彷彿沒有聽懂他的問題，過了很久才道：「只要你有一個知難而上的心，面對挫折百折不撓，不負劍中蘊藏的精神，就是一名合格的劍師了。」

「多謝老師，學生明白了。」徐明恍然大悟，原來劍學就是人品啊！人品好已是一個有劍學精神的俠客了，雖然沒有武功，但那又何妨。

這樣一堂課，就在幾個學生陪伴中草草結束了，劍學老師臨走時還很感歎，你們班的學生最讓我欣慰，畢竟有三個學生聽完了我的課，其他班級連一個學生都沒有留下來。

三人無言，不知道該怎麼安慰老師，他是個正直的人，但講的不好，不適合做講師，也許做研究劍法最適合他，而不是培養學生。

講完課，只有徐明上前請教了一番，利用下課時間問了老師許多問題，比如沒有武學功底怎麼學，現在系統的學習各門功課還來得及嗎？那個老師聽了以後，又陷入沉默，直到晚飯鈴響起，他才從沉思中醒了過來，好在還記得徐明問題，「你如果對劍學感興趣的話，不如我們一起研究。」

「一起研究？」徐明聽了，高興的差點跳起來。

同學們都到食堂吃晚飯，徐明跟著劍學老師到了他的住處。

「我看你聽的很認真，不知道我講的好不好？」走在林蔭小道上，劍學老師慢吞吞的問道。

「您講的……」徐明實在不好恭維他，但說他講的很爛又怕打擊他的信心，想了想只好說道：「我覺得您還是適合潛心研究劍學，讓天門出一筆費用，這樣您就不用在承擔講課義務了。」他很聰明的把話題轉移到老師擅長的地方。

「唔，研究？是個不錯的想法，不過學府會給我一筆研究費用嗎？」他有點擔心的問道。

「我覺得，只要您有這個想法，和院長大人談一談，說不定就准了呢。」徐明邊走邊說。

「和院長談啊？這個……」劍學老師有點猶豫。

「這件事只有和院長談才有希望，難道您不喜歡和院長打交道？」徐明看出了老師的猶豫。

「實不相瞞，我已經多年沒有見過院長了，不知現在的院長是誰。」劍學老師老老實實的回答。

「啊！」徐明大吃一驚。「您忘記了院長，自然院長也不會記得您，您說是嗎？」徐明道。

「也許，你說的很有道理，他也不記得我了吧。」劍學老師一臉木訥。

「還沒有請教老師的尊姓大名。」徐明覺得眼前老師可以做朋友了，一點也沒有老師的架子。

「我叫張……」劍學老師努力的回憶自己的名字，「抱歉，我給忘記了。」

「啊！這，這也能忘記，老師，我好佩服你。」徐明徹底無語了。

「你就叫我張老師吧。」劍學老師想了想。

「我叫徐明，很好記的一個名字，但願您不要忘記了。」徐明聳聳肩膀。

繞過一處小山，樹林深處有一間茅草房，這就是張老師的家了。

「我請你吃飯吧。」張老師說。

「好啊！」徐明很高興，說實話學院的伙食太差了，自從來了以後，他就沒有見過肉食，每天都是素菜、白菜、土豆是每天都有的，說白了就是白水煮菜。

「我的後院種了些白菜，你拔一顆來煮煮，我們一起吃吧。」張老師推開柴扉的門道。

徐明差點不想進去了，一聽煮白菜，恨不得拔腳就走。

「算了吧，我一點都不餓。」本來很餓，煮白菜讓餓餓感全無。

「那我們開始切磋吧。」說著，張老師也不客氣，拔出了他的劍，那是一把絕世寶劍，通體寒氣逼人，如果中了他一劍，被凍成冰棍也有可能。

「出招吧。」張老師沒有任何招式，拔劍站在那裡，鬆鬆垮垮，過去一腳就能把他踹倒。

「不是切磋嘛，怎麼要比試？」

「切磋，當然需要比試來決定。」張老師迷茫的眼神盯著他，心道，難道是我判斷錯誤？

「好吧，不過你是老師，我是學生，我們最好是用木劍來比試，收起你的劍可以嗎？」

「唔，你說的對，萬一失手就麻煩了。」張老師點點頭，將那把通體透著寒氣的寶劍收了起來。

兩人撿了木叉，準備比試切磋。

「我先出手了。嘿，哈，哎喲！」徐明揮舞著手中木叉，不管是什麼招式，胡亂按照自己意願揮舞，向著劍法老師招呼去了。

「太慢了。」張老師手中樹杈輕易的挑開他的襲擊，輕輕一點，點在他胸口上，如此沒有幾個回合，徐明上身各個穴位都被點到，直到他哎喲了一聲，發覺自己竟然不能動彈了。保持著出手的姿勢，僵直在那裡。

「看來你的劍學基本沒學過，我點的幾個穴道都是致命穴道，如果是正式比試，你早就完蛋了。」張老師得意摸摸小鬍子，一臉孩子氣。

「好吧，我承認我沒有學過劍術。」徐明歎了一口氣，很是鬱悶。

張老師將手中木叉扔在身上，被一股氣力猛的一擊，徐明渾身舒坦，就像從腿抽筋中緩了過來，揉了揉發麻的肩膀坐在地上。

「說說看，想讓我教你什麼？」張老師席地而坐。

「我沒有武功，你也看出來了，你不是說過，沒有武學基礎的人也可以學劍術嗎？」徐明滿懷希望得道。

「對不起，我講的是劍術精神，而真正的劍術是需要基礎的。」張老師不好意思的糾正道，他講得不太好，可能誤導學生了。

「唉！」徐明無比失望，作為班長，他必須要比別人強那麼一點，而且，黃浦江那幫混蛋遲早要找他麻煩，如果沒有幾招絕學怎麼服人。他眼珠一轉，只要他裝作可憐樣，張老師這樣善良的人當然於心不忍，肯定會教他一些辦法的，想到這裡，他蹲在那裡，唉聲歎氣，眼圈都紅了，說話聲音沙啞許多，眼看就要經受不起打擊哭了。

「你先不要這麼難過好不好。」果然，張老師被他的無助感動了。

「謝謝老師，不如我們現在就開始吧。」徐明迫不及待的道。

「只是我有些奇怪，你是怎麼進了選拔森嚴的天門學府，要知道能來這裡的人在某一方面有著令人驚歎的天賦。」

「我沒有什麼天賦。」徐明搖搖頭。

「那你是哪位高人推薦的，想必這位高人一定能知道你的天賦在哪裡，而你未曾開發而已。」

「我的師父叫燕翔子。」徐明想起了那埋在黃土下的師父。

張老師當時就愣住了，「什麼，你的師父是燕翔子？」

「是。」

「沒想到啊，你竟然是他老人家推薦來的，他老人家早已領悟先天至境，達到大成的一代宗師。」張老師感歎道，他曾經有幸得到燕翔子指點，才有了後天突飛猛進。

「我想燕翔子前輩肯定知道你有天賦，只是我們眼拙沒有看到而已。」張老師看著他，似乎要從他身上發現什麼優點。可惜很失望，什麼也沒有看到，不過也並不是不能幫他，理論方面他還是很在行的。

「你可以去一趟藏書閣，把所有拳譜看一遍，也許，對你的提升會有進步，只要看的多了，學習劍法就有心得了。」張老師道。

徐明覺得有些離譜，那浩如煙海的拳譜等他看完了，恐怕其他同學都學一身技藝了。

「學習劍術要看拳譜？」

「當你看過所有的拳譜，你就會知道世上最完美的拳法不是你學了哪一個人，而是自己的拳法，當你學習劍術時，就會和上古劍法不謀而合，有了自己套路，那種氣勢就是天空和閃電的氣勢。」張老師憧憬的看著天空，充滿無限嚮往。

徐明坐在那裡靜靜聽著，猶如醍醐灌頂，突然醒悟。

「今天就講到這裡吧！」老師臉上露出疲憊，幾縷頭髮滑落下來，遮住了他的眼簾，眼神一點點黯淡下來。

「老師，我明白了，謝謝您。」徐明鞠了一個躬，輕聲退下了。

「記住，去藏書閣一趟。」

興奮的回到住處，剛走過宿舍走廊，眼前忽然一黑，一個人影閃了一下出現在他面前，眼前是

卷十 遭遇暗算

不知道什麼時候，他醒過來，躺在那裡看到熟悉的宿舍，冥冥之中，有那麼一會兒感覺到自己死了，靈魂飛了出去，看著自己的軀體，然後毫不留戀的飄搖而去。他想大聲呼喊，卻怎麼也喊不出來，然後猛得睜開眼睛，看到熟悉的一切，知道自己沒有死，這一刻他幸福的要死，活著真是一件美好的事情。

「你小子，終於醒過來了？」王嘉明第一個出現在他的視線內。

然後圍上來一圈的人，都是熟悉的面孔。

「發生了什麼事？」他想坐起來，渾身散架一般毫無力氣。

「別動，你中毒了。」王嘉明伸手將他按住。

「能告訴我到底發生了什麼嗎？我必須起來，明天老師還要檢查學過的內容。」徐明搖了搖頭，掙扎著想坐起來，但被王嘉明一個指頭推倒了。

「班長，你省省吧，你都是病號了，老師們肯定會高抬貴手的。」王波湊過來說道。

「班長，能不能說說你到底怎麼中的毒，我們也不知情，回來時，就見你躺在走廊上，眼看不行了，我們急忙找老師幫忙，幸好教我們刀法的老師在，他幫你擠出眉心處黑血，又在你脖子後割了一個口，擠出很多黑血，然後給你服了藥，他說你中了毒，再沒有解釋什麼。」

「我看見……」徐明長著嘴巴想說什麼，忽然看見哪些湊過來的腦袋，有一個人面孔那麼的生疏，臉色慘白，對著他獰笑。

徐明打了一個寒顫，這個面孔他好像從來就沒有見過。

「你是哪個班級的？」他聲音有點顫抖的問道。

「老大，你問誰？」眾人都你看我，我看你，就五個人而已。

徐明再一凝神，發現那個面孔消失不見了。

「見鬼了！」他嘟囔了一句，心裡發毛，他想起來了，自己是在走廊裡遇見一個像鬼一樣的東西，然後不省人事，肯定是那個東西對他下毒手，究竟是誰對他有這麼大的仇恨要置他於死地呢？

他想不出來，至少他沒有什麼仇人，只是和黃浦江競爭過班長，大家都是同學，黃浦江也不可能想出這麼卑鄙的手法對付他吧。

「班長這麼樣了？」門推開了，走進來幾個女生，有些怪異味道的男生宿舍立刻多了幾分清香。

「老大，你可真有豔福啊，女生都來看你來了。」王嘉明無比羨慕的道。

來的是寧靜和三個同班女生，聽說班長受傷了，代表女生宿舍來看望他，手裡還提著東西，是女孩子們珍藏的零食，似乎有牛肉乾……看的人眼饞，這可是稀罕物，大家吃了幾天素食都有點受不了了，看著女孩子們手裡的牛肉乾，一個個像餓狼看著。

「好些了嗎？」寧靜走過來，一隻眼睛清澈，而另一隻眼睛始終閉著，那是傳說中的血色瞳，她是殺手門最器重的人物，等到明年分門派，毫無例外，寧靜就是殺手門的後起之秀，據說，現在，殺手門已經為了迎接這個天才做準備了。

「好多了，謝謝你們來看我。」徐明躺在那裡，心情很複雜，感激之情悠然而生，沒想到自己小小問題，惹的興師動眾，連女生都來了……

「沒事就好。」一旁柳月說。

「注意休息，這幾天就不要上課了。」另一個女生秀眉道。

這兩個女生都是來自江南婉約之地，人又美又白，身段苗條，身手不凡，徐明對她倆還不太熟悉，大家剛剛認識。

「知道是誰幹的嗎？我幫你殺了他，不過，你最好能給我些好處。」寧靜的話讓眾人吃驚不已，好在大家都知道她是血色瞳，未來的殺手，從現在就看到成為職業殺手的潛力。

「我也不知道是誰要對我動手，回來的走廊上看到了一個似人似鬼的東西……」徐明的話沒有說完，很多同學都豎起汗毛。和人打交道不害怕，最害怕的就是貌似鬼的東西……

「後來呢？」寧靜平靜的問道，後面兩個女生嚇得有點要逃的意思，神色不安，柳月抓著秀眉裙子，小手出汗了。秀眉咬著小嘴唇，面色不安。女生宿舍和男生宿舍隔著一堵牆，她們擔心徐明說的那個東西去女生宿舍。肯定是個女鬼，不然怎麼喜歡來男生宿舍呢！女生們都在祈求保佑。

「她臉色如紙一樣白，舌頭紅紅的耷拉在外面，身上有一股怪怪味道。」徐明回憶起那天恐怖經歷，不敢再想。

「後來你就暈過去了。」寧靜戲謔的眼神望著他，這讓徐明受不了，好歹也是班長，這時應該體現自己勇敢一面才對，他又不習慣說謊，真被她這句話問住了。

「班長是故意暈過去的，他要看看對方究竟要幹什麼，是不是？」還是南方小姑娘會說話，秀眉的一句話就讓他釋懷了許多，有個漂亮妞兒替人解圍，多美啊！

「班長，你可曾得罪過人？」柳月問道。

「得罪人？大家都剛來沒幾天，還沒有認識呢怎麼可能得罪。」徐明搖頭。

「既然如此，很有可能不是針對你來的，而是你正好遇到了。不然，她肯定會對你下手的。」秀眉道。

「你們說的不對，我剛才醒來時，明明看見一個不認識的人看著我，但我問的時候，他忽然不見了。」徐明忽然一骨碌坐起來道。

「真的嗎？」柳月不覺身子抖了一下，渾身雞皮疙瘩。

「也許並沒有消失，就在我們這裡。」寧靜冷冷道，一直閉著的血色瞳忽然睜開。

血色瞳若是睜開必有血腥之事要發生。

滿屋子紅光，像是黑暗屋子裡亮著的紅燈籠。

散發出強大氣場，讓人呼吸急促，面色發白，在紅光籠罩下，寧靜目光看向了每個人，每個人都在她眼睛裡顯現出人的骨骼，流淌著熱血。

她手中彈出一粒石子，將床底下探頭鑽出來的老鼠打的一片血肉模糊，長出一口氣，罵道：「徐明，你玩我嗎？」

隨著她的眼睛閉上，屋子裡又恢復了原來的樣子。

「不好意思，讓你費心了。」徐明歉疚的說道，他知道血色瞳一睜開必須見血，讓寧靜白忙乎一場，不得不打死一隻老鼠算是見了血光。

「至少可以證明，現在我們幾個人都沒有殺害你的嫌疑。」寧靜道。

「那還有一種可能，就是有人在這之前已經離開了，他看到班長還活著，然後回去想別的辦法了。」柳月想法有點幼稚，但未嘗沒有這種可能。

「搞不清是你哪裡得罪了人。」寧靜皺著眉頭道。

卷十一　詭異的臉

第二天，是考核的時間，有幾個老師提出要把第一天教過的東西都的有所領悟。

徐明沒有武功根底，除了死記硬背，掌握個要領外什麼也不懂。

同學們發現，在吃過晚飯的時候，躺在床上休息的這貨竟然不見了。

大家都知道他是一個刻苦的人，肯定是一個人找個地方苦練去了，誰也沒有在意。

徐明聽了劍師老師的話，決定去學校的藏書閣去看看。

藏書閣位於學院幾處宏偉建築群之中，據說閣樓有上千年歷史，藏書幾十萬冊，對學生開放的只有一二層，都是一些平常能看到的書，越是珍貴的書越在頂層，能看到的人比看禁書的人都少。

而且，最上面的藏書閣，有專人負責看守。

徐明也沒有奢望能看到最頂層的藏書。

他來的時候，用了一張臨時借閱卡混了進去。

一二層借閱室裡，他流覽了一會兒，好書可真不少，他一心惦記著老師說過的話，有時間去藏書閣走走，那裡也許有你需要的東西，老師說的藏書閣絕非給學生看的普通閱覽室。

他懷著好奇的心，溜了出去。

五樓是藏書閣的最高一層，徐明很好奇的想知道，這裡究竟藏了什麼書？

偷偷的溜到五樓，一拐彎，來到最後一個樓梯處卻傻眼了。

橫在他面前的是一個鎖的死死的大鐵門。

該怎麼辦才好呢？

他看著那扇大鐵門，忽然又有了靈感。

也許可以鑽過去的。

他身材瘦小，而大鐵門是欄杆狀，只要腦袋過去，其他地方就能過去。

他試著將腦袋鑽過去，鐵門對他這個年紀的學生並不設防，很輕易鑽過了腦袋，然後，身體一點點收縮就鑽了過去。

非常簡單的就混進了只為學院內部少數幾個人開設的閱覽室，徐明內心是說不出的激動。

此刻，無以用語言來表達心情，默默的靠在牆上，感謝著過往神靈，給他安排了這麼好的一個機會。也許圖書館的管理員在睡覺或者偷懶去了，他才有這個機會吧！

這一切都是神在幫忙嗎？他欣喜中有著感激，不安，更多的是期待帶來好運氣。

走到了第一排藏書架上。他已經想好了，要利用一個晚上的時間，先把主要內容都看了。

藏書閣很小，五個書架，書架有五層，都是厚厚的書籍，差不多也就是一千本。

當他拿到第一本書的時候，有些傻眼。

完全不是他想到的那個樣子，這裡的書是稀世珍寶。

他拿到的第一本書是《棍術》這是一本非常普及性讀物，就連新生也都發了這本書。

封面都是一樣的，拿過來細細看了一下，這才發現有點不一樣。

他們發的是《棍術》第一冊，而這裡擺著的是《棍術》第二十冊……

「唉，我第一冊都沒看完，看第二十冊有什麼用。」他歎了一口氣將書放回原位。

這次，他學的聰明了一點，逐行掃過去，不禁讓他很是鬱悶。

大多數書籍都是這樣，比如《心術》第三百冊，《拳法普及》第五十冊，《人體使用手冊》第八十冊……

原來，這裡的書很深奧，但深奧的基礎是循序漸進的。

如果你沒有讀過初級本，中級本，拿起高級本來讀，想必幫助意義不大。

「若是早知道是這個樣子，肯定不會來。」徐明無比鬱悶的，蹲在那裡，借著窗戶享受起月光浴了。

不知道過了多久，他有點睏了，閉著眼睛睡不著，他想了很多。但終究覺得今天不能就這麼白來了，總的拿點什麼吧，慰勞一下自己，白忙乎一場豈不是太虧了。

忽然，他感覺眼前金光閃耀，猛地睜開眼睛。

眼前的景象讓他吃驚的差點跳起來。

只見一張金色的臉漂浮在空中，帶著迷人而詭異的笑容，月亮不知道什麼時候躲進雲層，那張臉格外耀眼。

那張詭異的臉漂浮在空中，默然地望著他，彷彿在打量一件精美的古董，臉上的皺紋堆積，如河馬的臉，忽而，眉頭緊皺，像一隻討不到食物的貓咪，似乎看出了這件古董的瑕疵。

「你，你是誰？」說這話的不是那張詭異漂浮的臉，而是徐明，他縮在那裡，屁股慢慢往後挪著，周圍的氣流將他包圍，渾身雞皮疙瘩，森冷氣息讓心臟都要停止跳動，呼吸困難起來，這一切都是那張臉帶來的氣場。

「年輕人，是你打開我的呀！」那張詭異臉笑起來，比哭都難看，在笑聲中發出一陣陣森冷氣息，他說話好比寒流，整個屋子溫度迅速下降。

「我，我打…打開的？」徐明冷靜下來，這傢伙說的是打開，他來到是閣樓頂層的藏書閣，一般人不能進來，他打開的只有書，除了書什麼也沒有打開啊！

他習慣性的撓撓頭，覺得事情有點蹊蹺。

仔細回想一下，他進藏書閣，看了不少書，但讓他鬱悶的是那些書都不是他要的。比如《棍術》這裡藏的是最後幾本，《劍術》也是同樣的大概有一百多冊，最後的幾本在這裡，如果要學這些東西，就要學習初級的，一步步來。

後來，他就很睏了，隨便拿幾本書當做枕頭，在睜開眼睛一看，滿屋子森冷，就像冬天的火爐突然熄滅了，一張詭異的面孔望著他。

事情就這麼簡單。

徐明覺得這傢伙並不是他翻書打開的。

「看來，你確實不知道了，我本來被封印在書裡的，就是你枕頭上那本《精氣經》。」詭異的臉淡淡說道。

徐明下意識注意了一下。

他恍然大悟，當初他拿這本書時就覺得很奇怪，就像被裝進了套子裡，根本打不開。而且書名也沒有，直接裝在一個盒子裡，這樣的書做枕頭最合適不過。

「你是藏在書裡面？」徐明明白過來。

那張臉歎了一口氣，有點失望的看著他，這麼簡單一個問題，他竟然思考了這麼久才明白過來，不得不說笨的到家了。

「是你幫我打開了禁制，但也還要繼續幫我。」那張漂浮的臉說道。

「我怎麼幫你？對不起，我要睡覺去了，明天好多事等著我處理呢！」他無奈的表示著同情。

「你知道，我現在的我並不是我的全部，你看到的只是一張臉，這張臉是懸浮的，具體說來由我的氣凝聚而成的，你看到的只是我幻化的氣體而已，現在我要做的是找個地方潛伏下來，等到修練慢慢的恢復真身。不過這很漫長，這個世界上只有你能幫我了。」那張漂浮的臉慢條斯理的說出了他的想法，這是一個蓄謀已久的想法，已經醞釀了很多很多年了，慶幸的是今天這個小傢伙幫他達成了願望。

「那你可以走了，這個世界上好地方多的是。」徐明揚了揚下巴，指著門說道。

「不，不，哪些都是俗氣橫行的地方，我要找的是一個純淨的地方。比如，你的丹田，你是一個從來沒有動過修練念頭的人，丹田氣源卻很豐富，超出一般人，正好是我的修練潛伏之地。這個忙你一定會幫我的，對吧？」

那張臉饕餮的看著他堅實的小肚子。窺視出了那丹田一旦運行起來驚人的能量，只是這個能量只有少數人能看的出來。

「什麼？你，你要進我的肚子裡？你，你還想謀財害命不成？」徐明一聽這話，急忙找出口想一溜煙逃出去。

「哈哈，其實很簡單，你不用害怕，一切都是我的一句話功夫。」

「不能，堅決不能。」徐明大聲抗議道。

「我已經和你說的太多了，那是因為我看重你，沒想到你這麼優柔寡斷，有人拿他的心和我交換讓我進駐我都沒有答應，你小子居然還反抗。」懸浮的臉顯然惱怒了，很是不悅。

一股氣息撲面而來，壓制他渾身骨骼嘎嘎作響，彷彿要壓扁一樣。

這樣氣場簡直讓人驚訝，呼吸困難，身體在收縮，骨骼在發響動，血液在停止流淌，這一刻，他有一種要死了的感覺。一股青煙從頭頂冒了出來。

只聽的啰嚓一聲如閃電雷鳴的巨響，徐明頭頂劃過一道金光，一道閃電在包圍他的氣體中發生。

該死的！就這樣走了嗎？

「我這是在那裡？」不知道過了多久，他睜開了眼睛。眼角艱難的掃了下周圍，一排排的書架赫然在目。

「我沒有死？還是來到了閻王殿的藏書室？」他腦袋疼的厲害。

完全醒來時，他忽然意識到，自己並沒有死，因為陪著他的那幾本書還在那裡，這是有力的證據，假如他死了，這幾本書是不會陪他來陰間的。

那張漂浮的臉不見了。

這小子終於滾蛋了，也許，剛才那陣電閃雷鳴就是為了懲罰這個逆天的傢伙的！

該死的是他啊！他寬慰的笑了笑。

一下子坐了起來。發現變得精神許多了，好像有用不完的能量在體內蘊含。

身體經絡變化有了大不同。一動一吸之間，只要輕輕揮手，就感覺到無窮力量湧動。

一挺胸膛，肌肉暴漲，一塊塊胸肌出現，天啊！我變得強大了，這是怎麼回事兒？

四下看了看什麼也沒有，那張臉確定走了。

這時候，感覺腹部隱隱有疼感。他閉上眼睛，調理了一下呼吸。

這一調理不要緊。

他在冥想的時候，感覺到丹田氣脹，一股股洪流，無窮力量正是他的丹田湧動出的氣流送到經絡各處。

徐明急忙坐了下去。

他和前任師傅什麼也沒有學過，但是打坐冥想還是學了一點皮毛。比如，蹲坐在地上，要手放在膝蓋上。眼睛閉上，舌尖抵住上顎，然後幻想一片寧靜的世界。

這一次，感覺到的是丹田氣流的湧動，忽然看到一個不該看到的人，這個傢伙居然出現在了他的神識之中。

卷十二　實力大增

就在他冥想中，一個不該出現的傢伙出現在他的神識中。
這傢伙就是剛才和他對話的那張懸浮空中的臉。
不過，在他腦海中出現的是一個人影，一個氣體形成的人影，那張臉變得有些模糊了。
以為他走了，沒想到他出現在神識之中。
自己有了如此變化，八成和這老傢伙有關係。
他不滿的咆哮起來，「我不是說過，堅決不同意你這樣做，你給我出去。」
這是他的神識之海，如果一個別的什麼東西進來，他擔心自己就要成傀儡。
只是那個人沒有回答他的話。
看得出來，他閉著眼睛，站在那裡，似乎隨著他的神識之海飄蕩，虛弱無力，連說話都不能說了。
還指望這樣一個廢物幹什麼呢！徐明長出一口氣，幸好是一個廢物。
他的意念和那張臉根本溝通不上。
這老傢伙進來他的神識之海，看來也付出了不小的代價。
就在徐明咆哮無果，意念溝通無力，腦海裡忽然飄來一片文字，在他腦海裡一頁頁翻開。
徐明愣住了，顧不得多想，貪婪的開始看起這本書。

徐明腦海裡飄過來的是一篇《恆河沙數》：

「須菩提，如恆河中所有沙數，如是沙等恆河，於意云何，是諸恆河沙，人之一身，如恆河沙數，億萬無數，皆世尊佛陀，一沙一世界，一沙一佛陀。翻江倒海，日月星辰，傾手可覆……」

他默默看完，心裡也明白了不少，這是練氣獨門功法，把人幻想成恆河中的沙粒，一個世界由無數沙粒組成，打開一顆沙粒就是一個世界，一個世界就是一尊佛陀的力量，如果人體裡所有的沙粒都打開，就是所有佛陀力量，日月星辰，隨手覆滅，這樣的力量，令人恐怖啊！

對於氣的運用，莫過於天門學院的研究，這其中的等級有：學徒、外氣師、內氣師、拳氣師、五行氣師、鬥氣師、聖氣師。

學徒，就是學習修練技巧，最重要的是理論知識，鍛鍊身體，找出自己以後要走的道路；然後是外氣師，靠外力來取勝；內氣師：靠內力戰勝，這就是氣的修練；到了拳氣師，已經達到了大能境地，一拳下去，周圍百步蕩然無存，一拳可以殺敵一千並不是虛傳；五行氣師就更厲害了，靠天地之間五行元素，變化多端，雷電風雨，招手就來；至於聖氣師，傳說只有溝通天地的人才能達到這個境界。如果突破聖氣師，就可以和天奪命，長壽無疆，脫胎換骨，從此再無性命之憂。

他看完以後，好長時間沉寂在書中描述的這般恐怖力量。

完全顛覆了從學徒修練，一層層晉升，到了外氣師就是絕大多數人巔峰的修練格局。

這種絕頂的修練功法絕對不是他這個世界的認知。佛陀，須菩提，三千大世界，三千小世界……

徐明讀書不少，知道這是在遙遠的西方，極樂世界裡才有的功法。他顧不得多想，急忙按照《恆河沙數》修練法門修練起來。

丹田湧動，綿綿不絕氣流遍佈全身，改造著他現有的身體。經絡改變，頭腦裡的幻想只是一顆細小的沙粒，沙粒慢慢的變大，打開以後就是一個世界。

多美妙修練，但如果沒有開悟，這個世界上的人不會有這樣思維。身體經過丹田湧動，氣流不斷改變，如鐵打一般堅實，用不完的力量凝聚起來。

新生早操課上，大家都在進行的第一個項目就是長跑。

「徐明是死了嗎？連早課都不敢來了。」寧靜問一旁的王嘉明。

寧靜話語裡很多的不屑，當然更多的是對徐明的生氣。

一個小小麻煩，竟然折騰的他連早課都不來了，從這一點就可以看出這傢伙就沒有什麼志氣，還當班長，當初看起來他有點豪邁和志氣，現在想來，是被他那故意裝自信的外表蒙蔽了。他不過是一個膽小鬼而已。

寧靜心裡對徐明有很多的誤解。

來自江南婉約之地的楊柳和秀眉，兩人倒是對徐明沒有出現沒有太多的責難。都是為徐明的不幸而同情。

跑步，鍛鍊身體，休息，喝粥，然後準備下一節課。

這是新生一天緊密安排的開始。

鍛鍊完身體，休息時候，黃浦江開始大放厥詞。

「聽說了嗎，我們的班長徐明不行了。」黃浦江神祕兮兮的和其他幾個人交流著，很快他的身邊就圍了一幫人，多是外班級的，大家是新生，一聽出了人命又不是發生在自己身上，都無痛感，不少人都很有興趣，覺得是個談資。

「你們這些人，徐明被人陷害了，你們卻在這裡幸災樂禍。」寧靜很不服氣的走過來道。

「我覺得，徐明應該從班長的位置上下來，畢竟，他的能力是不配當班長的。」黃浦江道。立刻，他的幾個好友表示出贊同。

「徐明基本上就是混著上來的，當班長也是靠嘴皮子，得到了幾個女生贊同，偶然機會當上了班長，這樣的人根本就不能讓人服氣。」

「是啊，徐明什麼本事也沒有，這些天大家也看出來了，他連基本的功法都不會。」

從大家的言談中，幾個贊同徐明的人也感覺到壓力很大。

他們也看出來了，儘管徐明一直很有自信，但他的實力確實令人不敢恭維，連基礎功法都不會，這樣的人當班長，自然會引起他人非議，還會招來其他班級瞧不起。

卷十三 狹路相逢

眾人對徐明議論紛紛，黃浦江故意把話題引到徐明身上，一時間，大家都覺得一班是選錯了人。很多人都覺得徐明應該把這個班長位置讓出來。而黃浦江是比較適合的人，他不但有實力，很多人擁護，而且身手不錯，他的背後黃浦家族背景雄厚，也是武學世家，他的家族擁有很大的勢力，這樣的人不當班長都可惜了。

黃浦江身邊有很多擁護者，不但是徐明的班級，其他的班級也都有擁護他的人。

就在黃浦江在徐明背後挑起事端，給自己的上位鋪墊資本時候，徐明在宿舍裡緩緩醒來。

宿舍裡只有他一個人，陽光照進來灑滿屋子，屋子空曠寂寥，尤其是別人被子整齊的疊放著，只有他一人躺在凌亂床上。他伸了一個懶腰，活動了一下身體，穿好衣服走下床。

屋外空氣清新，早晨時光，鳥兒嘰嘰喳喳，微風拂面，秋意盎然。

他向著晨練的場地走去。走過一片樹林的時候，不遠處，一個白衣白髮的人站在那裡，帶著嗜血的目光，在他相距不遠的地方冷冷望著他。

他不禁打了一個哆嗦，那個人就是之前陷害他的人。

「我和你無冤無仇，為何害我？」徐明走過來問道。

「留著你始終是個禍害，儘管你現在一無是處。」白衣人冷冷的道。

說完已經出手，一道鋒利爪子，撕開了周圍土地，他的半個肩膀躲閃不及，被捎帶了一下，五道鮮紅印跡清晰可見，滲出黑色血跡。

「拼了！」

徐明不顧一切的衝了過去，瘋狂的催動起體內真氣，只覺得丹田一下脹大幾倍，突然暴漲的實力，讓他的拳風爆裂。

「砰！」

一拳打出，一個漩渦一樣氣團砰然而出。

「哢嚓！」

一顆樹木在他的拳風下轟然倒下！

僥倖躲過一拳的白衣人臉上流露出了恐怖的神色。

「哼哼，我看你還有什麼招數！」白衣人冷笑了一聲，徐明這一招確實嚇厲害，但也不過是嚇唬而已，他輕易躲開了。

「我就讓你看看！」徐明揮手又是一拳。這一拳比剛才拳風更猛烈。

直接和對方鷹爪來了一個對接。

「啊！」白衣人臉部扭曲，一聲驚叫。

他的鷹爪五指幾乎在一拳之下斷裂，五個指關節發出清脆斷裂聲。

這簡直是不可思議。他的鷹爪功法用內力修練，在加上毒氣蒸騰，能把一塊石頭輕易插進去，竟然敗在了一個學徒手裡，被對方一拳打斷。

還沒有想明白過來，又是一拳打在他的胸口。

拳風浩蕩，帶著澎湃氣道直接將他打飛。

白衣人被一拳打的連撞擊三顆樹，吐出一口鮮血，倒在地上。

搖搖晃晃站起來，竟還不服輸。

「我讓你囂張！」徐明一個箭步走過去，帶著撕裂空氣的步伐揮拳就打。

「砰砰！」

幾拳打下，白衣人鮮血狂舞，如天女散花。

「你他媽瘋了嗎？」他吐出幾個字，轟然倒下，再也沒有能力站起來。

「說，為什麼要陷害我，現在說出來，我會放你一條生路。」徐明收住了拳頭。

「我……和你，無冤無仇……只是，替人消災……」話到這個份上，白衣人只好實話實說。命是重要的，什麼都無所謂了。

「替人消災，是誰讓你來陷害我的？」徐明抓住了他的衣領問道。

「是，是……」白衣人眼看就要斷氣，嘴裡嘟囔血塊不斷冒上來，內傷嚴重。

「是黃浦江？」徐明第一個想到的就是這傢伙，看不上他，總想著扳倒他的位置。

「你，你說的這個人，我不認識……」白衣人嘴裡血繼續往外冒。

他媽的，到底是誰想置他於死地，真的要瘋了，仇人這麼多！

「是……是……」白衣人手指空中劃拉了幾下，眼睛一閉，頭一歪，沒有了呼吸。

「死了？」徐明不敢相信自己會打死人。

第一次手下出了人命，徐明好一陣發呆。

白衣人身子慢慢枯萎，就像一株失去了水的花苗，整個人即將消失在泥土中。

在最後時刻，他身上的東西都離開了他。首先離開的是一條銀色小蛇，在他袖口溜了出來，好像知道主人已經死了另找宿主去了。

接著是一隻蝴蝶，在他的項鏈裡，項鏈是個可以打開的指甲蓋大小的盒子，蝴蝶用力頂開盒子震了震翅膀飛走了。

「這傢伙，東西還不少。」徐明對這些東西可不喜歡，不過是學習傀儡的人用的東西罷了。他沒有注意到，溜走的小蛇，飛出的蝴蝶都不是一般的生靈，經過多年馴化，一旦主人出現危機，它們不是逃走了而是回去報信去了。

最後他挖了一個深坑，把白衣人埋進去。拍了拍手，說了幾句寬慰的話走了。

來到新生訓練場時候，大家還在聊天，黃浦江依舊唾沫橫飛說著徐明壞話。之前他們是沒有開飯前說徐明壞話；現在是吃完了飯繼續說，就連一旁收拾碗筷的阿姨都覺得這孩子沒意思，總是在背後說別人壞話的孩子自己也好不到那裡。

「你們說，徐明現在是不是死了？」黃浦江打著哈哈，剔著牙問道。儘管只是喝了一碗粥吃了個饅頭，牙縫裡沒有什麼可剔的，也許是為了某種故作姿態吧！

「聽說中了毒，人也瘋掉了。」立刻有人附和道，都是他的拜把兄弟，一來新生這裡，黃浦江就發揮自己的特長，拜了幾個拜把兄弟，讓大家都團結在自己周圍，顯得自己有魅力，也是不少女孩子暗中關注的焦點，他享受被人關注下的生活。

「喂，有你們這麼說話的嗎？背後議論別人，太缺德了。」秀眉聽了立刻道，她家教好，接受的是正統教育，對這些話深惡痛絕，其家族在江南很顯赫，只是她不願意顯擺罷了。

「你們這樣做，就是找死！」寧靜的一隻眼睛冷冷瞪著黃浦江。

「呵呵，我們男生議論，你們女生不要參與就是了。」黃浦江一臉大男子主義。

「什麼呀！你們這樣說人家徐明，徐明聽到了會有多難過，大家都是同學何必如此。」秀眉好心

卷十四　真實較量

黃浦江渾身一冷，徐明的話彷彿冷箭一樣直搗他的肺腑，身體一陣寒意襲來，這傢伙什麼時候說話有這麼大氣勢，內心吃驚無比。

與黃浦江一樣，眾人都被這洪亮，如黃鐘大呂的聲音震懾了。

這是要快進棺材的人嗎？

大家心裡都泛起嘀咕，黃浦江這幫人盡說人家壞話。

支持徐明的王嘉明等人看到徐明遠遠走了過來，人還在很遠，聲音卻在耳邊，這樣的內力，簡直不敢相信，是一個新生所為。

「這小子，終於活了過來。」秀眉看到徐明的眼神都不一樣，充滿讚賞和期望。

「哼哼，不被黃浦江打得很慘就不錯。」寧靜見到徐明，心裡寬慰一些，但依舊冷言冷語。在她嘴裡從來就沒有貼心的話說出來，完全不像女孩子應有的心思細膩。

「徐明，你還沒有死？」黃浦江很快擺正姿態，冷冷望著他，嘴角泛著嘲笑。

「你這樣背地裡說人，會死的很慘。」徐明走到他的面前，兩人目光相對，黃浦江目光裡滿是不屑，而徐明目光裡深邃無比，像廣袤的宇宙漆黑而寬廣。

「就憑你，要和我鬥嗎？」黃浦江哼了哼，他徐明的身手大家都看得出來，算是這裡面最次的人，而他黃浦江世家出身，家族武技早已經被他修練的達到一定境界，才有資格被天門選來。

「黃浦江，大家同學一場，我並不想和你鬥，只是你非要和我過不去。」徐明給他的還有挽回餘地。

「哈哈，明眼人都看出來了，我黃浦江看不起你徐明，現在我向你發出挑戰，你不敢接招，徐明你就是一個懦夫。」黃浦江哈哈大笑，幾個手下跟班也跟著起哄。

「你這麼說我也沒有辦法，但我知道，作為一個班長，是要能把眾人團結一起，所以，我還是希望你，珍重我們緣分，緊密的團結在我這個班長周圍。」徐明沒有動怒，他剛殺了一個人，不想再殺，要慈悲為懷，能饒人處且饒人。

「哈哈，裝什麼蒜，你就說你不敢就是了，我可不想團結在一個懦夫身邊。」黃浦江冷笑。

「我們也不想，徐明你就不配做我們班長。」

「滾出去，你這個懦夫。」

「有種就亮一下你的身手，只怕什麼都不是吧！哈哈。」

黃浦江一席話，引來很多毒舌圍攻徐明。

幾百人沒有上課，把徐明和黃浦江圍了一圈等待著戲看。

王嘉明等本來支持徐明的人，現在看徐明表現懦弱，失望的站在那裡，沒有表態。

「看看徐明怎麼辦吧，如果他真的要鬥也不是黃浦江的對手。不過我會出手的。」寧靜抱著胳膊站在那裡冷靜的道。

「誰說的，非要身手好才能當班長，我覺得徐明當班長挺好的。」秀眉道。

「是啊，整天和自己人過不去，有種去對付外人啊！」和秀眉一向要好的楊柳也道。兩人都是江南世家，平日裡形影不離。

「你們不要忘記這天門，一切都靠實力說話。」寧靜冷冷地一笑。

「徐明，有種就和我比試，別他媽懦夫樣，畏畏縮縮不敢。」黃浦江一見人多，更加來勁，他要當著眾人的面，狠狠揍一通徐明。

「徐明，和他打！」有人故意起哄。

「黃浦江，你我都是同學，我不希望這樣的事發生。」徐明那股勁兒惹的很多人不滿。

「徐明，你真是個軟蛋，和他打啊！」寧靜也忍不住了。

「黃浦江，我不想傷了你。」徐明在黃浦江一再挑戰叫囂下，終於冷下臉來，作為班長他已經仁至義盡，現在既然這小子非要決鬥，那只好給他一點教訓了。

「徐明，不是我要揍你，是你欠揍，因為你太弱了。」黃浦江二話不說，雙腳用力一下子飛起老高，一招力劈華山打了下來。

以身體做斧，用勁爆的力量壓制對方，是黃埔家族絕學。

這樣一招，一旦被擊中，黃浦江全身力道攻擊一點，整個人就會被擊垮，再也沒有還手能力，練習這種功法，要快要準，外力雄厚，一腿掃十八彎，掌控全局，對手絕對逃不出攻擊範圍。

「果然是家族絕學，徐明這下連躲都沒有機會。」

望著空中到處是腿影，黃浦江幾個手下禁不住驚歎起來。

不得不說，黃浦江是有些實力的，只一招就看出了其家族對於功法的研習已經到了內氣師的水平。

「黃浦江果然有囂張資格。」一旁冷眼觀察的寧靜也發出感概，怪不得這小子屁股坐不穩，總想著班長這個位置。

有了班長這個位置，他就能混進學生會，以後畢業了，在家族中鼎力支持下，他會有一個好前途。

徐明站在那裡動都沒有動一下。

很多人都以為他被氣息籠罩，沒有了動彈能力。

也許是被嚇傻了！

大家翹首觀望，想著徐明怎麼樣一敗塗地，拱手讓出班長之位。

黃浦江上位，也許只是時間問題，徐明這麼弱的一個人純屬偶然當了班長。

眼看著空中腿影閃爍，一陣呼嘯聲轟然而來。

無數的腿影中要分辨出哪一個是真實的，哪些是幻影，最後還要讓自己不被擊中，這確實需要費時費力，尤其是對於新生來說。

大家都覺得徐明必敗無疑，黃浦江身手早已超出了學徒水平。

徐明不慌不忙站在原地，在黃浦江要擊中他的時候，幻化的腿影頓時消失，留下了一道如斧頭般沉重，充滿了力道腿迅雷不及掩耳之勢，用力砸向徐明的腦袋。

從某種意義上來說，力劈華山這一招已經成功一半。首先是幻影重重，迷惑對手，其次，等到對手發現，一切都晚了，突襲成功，力道和幻影生猛配合，必將對手置於死地。

「好！」黃浦江幾個支持者發出呼喊，其他幾個班級，受過黃浦江好處的人也都揮舞起來，興奮不已，為即將誕生的血腥慘幕高聲叫好。

「這下完蛋了！」王嘉明不敢再看，閉上眼睛。作為徐明支持者，他一直搖擺不定，關鍵是徐明太軟了，他想找一個可以依靠的老大。

就在眾人都以為徐明必敗時。黃浦江的腿法從幻影露出真容，如獵鷹撲食衝過來。

徐明看清真相，微微一笑，不慌不忙揮出一拳。

只聽「砰」一聲悶響。

徐明打出了一拳。這一拳帶著凌冽氣道，彷彿空氣炸爆，閃電在頭頂響起。

黃浦江被一拳打飛出去，像中箭的老鷹找不到平衡。四肢搖晃，發出驚叫聲，然後重重摔出百米之遠。

好在摔倒的地方是一片樹林，地面濕潤，樹林枝蔓消弱了他的一部分重力，倒下時又沒有堅硬土地。黃浦江這一摔算是撿了條性命，如果換做山崖作戰，徐明一拳，黃浦江就沒命了。

只一拳，就把黃浦江家族獨門祕笈給破了，而且，還把黃浦江打出一百多米。

這是多麼可怕力道啊！

一時間，大家都靜寂無聲，誰也想不到徐明力量竟然如此驚人。

原來他一直是藏拙！

眾人這才明白過來，為什麼徐明那麼軟弱，他只是不願意露出鋒芒！

「好，打得好！」王嘉明第一個叫起來，帶著崇拜和興奮，他太高興了，原來徐明並不是大家想的那麼弱！這一拳完全顛覆了他對徐明的認知。

「天啊，徐明竟然這麼的厲害？」秀眉花容變色，連歎想不到。

「這小子，總算沒讓我失望，我就知道，能來天門學府的人，一定不簡單。」寧靜嫣然一笑，回身走了，她已經知道了結局。

黃浦江的支持者們都沒有話說，一旁失落的站在。

黃浦江疼得哼哼唧唧，渾身都被摔得散了架。

「黃浦江，如果今天你勝了我，班長就讓給你當。」徐明淡淡說道。

「徐明，算你厲害。」黃浦江硬撐著站起來，一手扶著腰，艱難走了幾步。

「如果說必須要論實力的話，你還沒有完全的服氣，對不對？」徐明一步步走來。

果然，黃浦江很不服氣，即使被打倒了，表面上和氣了，但心底裡透出的還是對抗。

「黃浦江，你鬥不過我，就要學會忍耐，至少在我當班長期間，你就給我低頭做人。」徐明站到他面前，面容淡然，黃浦江在他眼裡不值得一提，他心底為自己突飛猛進感到高興，原來一個人強大了，竟然如此美好。

「笑話，我是不會服氣你的，徐明，不要以為能收復我。」黃浦江脖子一挺，很有骨氣的道。

「呵呵，任何的骨氣在我看來都是拳頭不到位。」徐明淡淡的道。

黃浦江臉上瞬間流露出恐怖神色，緊張兮兮的道：「你要幹什麼，還要打死我不成？」這話說的很大聲，意思是讓周圍的人都聽得到，他徐明就要下狠手了。

「黃浦江，我並沒有打你的意思，我想，如果你願意做副班長，我倒是可以提攜你一下。」徐明壓道，他意識到，硬來會惹的其他人心不安，這時，收復人心才是重要的，畢竟，他沒有必要結識更多仇家，打敗黃浦江，誰知道最後還要惹出什麼麻煩，剛來天門學院要站穩腳跟，就得學會藏拙，不動聲色慢慢成長。

「什麼，你願意讓我做副班長？」黃浦江聽了豎起耳朵，他對班長職位很敏感，來的時候家族的族長，他的父親就告訴過他，去了以後一定要混個小職位當當，這樣就顯得有領導能力，回來以後就能進入管理階層，甚至可以推薦他去地方集權處任職，如果只是一個普通的學生，還要從頭學起，會耽誤很多時間。

天門學府出來的學生很吃香，天門出來的班長會長更吃香，因為這些人都是在鬥爭中成長起來的，有著豐富的經驗，不搞政治鬥爭都是浪費人才。

徐明並不這麼認為，他不過是為了歷練自己，在天門這個地方沒有實力不行，他在為提升實力而努力，並不想未來去混個一官半職什麼的。

「當然，如果我當了會長，你就是副會長，只要你站在我這一邊，我是不會虧待你的。」

黃浦江疑惑的問道：「你為什麼要幫助我，我可是和你為敵的啊！」

徐明笑著拍拍他的肩膀，道：「這個世界沒有永遠的朋友，也沒有永遠的敵人。你說是不是？」

「我明白了，好，我從今以後挺你。」黃浦江見識了徐明的厲害，如果一味抗爭下去，對他是不利的。

兩人的手握在了一起，然後重重一擊掌。

「各位，剛才我和班長是開個玩笑的，大家不要以為我們是在鬥爭。」黃浦江對周圍的人解釋道。

眾人都有點傻了，明明是要你死我活的爭班長了，怎麼突然又說是玩鬧。

真是想不明白，這兩個人究竟玩什麼鬼把戲，真是要瘋了，玩了半天自己被玩了，還以為要看生死鬥呢。

「大家回去上課吧，我們不過是在玩鬧而已。」徐明也站出來聲明。

兩人的一番解釋，讓在場的很多人抱怨不已，一場好戲就這樣結束了，真不過癮啊！

黃浦江幾個手下楞的說不出話來，明明老大要整死徐明，怎麼會站出來說是玩鬧。

「老大，你是不是說錯話了，我們明明定過計畫的……」

「啪！」一個耳光搧過來，傳來黃浦江責罵聲，「混蛋，什麼計畫，不過是為了逗大家一樂的想法而已。」

那傢伙被打得說不出話來，怎麼也想不通，事情變化太快，他沒有太多經驗，都是十五、六歲少年，只有那些老謀深算傢伙們才有這些想法，他一個混日子人，沒有太多想法，過一天算一天，能跟上好老大就是福分了。

就在眾人都要離開時，忽然傳來一陣詭異的聲音，帶給眾人的是恐怖的氣息。

卷十五　密林深處

「嗡！」地面都在顫抖，好像什麼東西走過來一樣，而且成群結隊。

「唰！」密林深處無數弓箭手埋伏各處。

接著是一陣腳步聲，腳步聲帶著強大氣息，形成了一股令人恐怖氣息籠罩在周圍，讓訓練場上的人都感覺到呼吸一窒，汗毛豎起。

這樣的聲音，人還沒有到，就帶來了令人恐怖的威懾力，可見，力量是多麼強大。

就在眾人疑惑不解，心裡七上八下的時候。

幾個人清一色的黑衣人，一個個目光如電，冷眼的出現了。

眾人的身後，密林深處，冒出無數人影，影影灼灼在樹林裡閃現。

「嘎吱吱！」弓箭手在拉動弓弦。

「是木頭兵！」徐明眼尖，一眼看出來，埋伏在密林深處的不是人，而是被操控的木頭人，除了沒有思想，被人操控。看不出來，他修練過《恆河沙數》視力和感知力超出眾人許多倍，很快就發現異樣。

「是傀儡門，外院的人？」聚攏在眾人周圍，秀眉皺起眉頭。

「是誰把外院的傀儡門得罪了？」有人驚訝的道。

傀儡門在外院和殺手門，控屍門一樣顯赫，曾經為了驅除妖族的入侵付出過流血代價，有著很高的地位。

天門分內院和外院。內院是正統的武學，而外院是異學，靠邪來取勝。

一百年前，妖族入侵，內院和外院聯合驅除妖族，保護天洲的江山社稷，那時候的天子決定，天門成了兩個內院和外院，從不同角度修練至高的武學。

內院和外院各設院長一名，分管兩院。兩院之下又有很多門派，比如外院的殺手門、控屍門、傀儡門，內院的劍學門、鐵拳門等等。

同時，內院和外院都聽命與天門學府的最高領導——大院長羅魂天。

不管是內院還是外院，都要學習一種信仰和精神，就是天門學府的正道精神。

這次外院的傀儡門突然圍住新生，大家都想不出為什麼。

「一個都不能走，等我們審問過後才可以離開。」一襲黑衣人中，為首的一個長著一副女人相，沒有鬍鬚，面色粉嫩，還抹了紅嘴唇。

徐明看的面熟，心裡咯噔了一下，這不是錄取他的時候的天門考官嗎？記得這傢伙當場否定了他進天門進修資格，後來是他拿出了師父燕翔子推薦函，得到了李如煙的青睞，這才有了機會進的天門。

天門很亂，內鬥很多，黨派鬥爭激烈，大家都是新生，這時候都是聽擺佈份兒。

而且，天門的亂不僅僅如此，內院和外院雖然都是歸天門統一節制，但殊途同歸，大家都是研習武學，卻各有各的路，自古以來，邪不壓正，內院的人就要高貴的多，外院的人給人印象就要陰險，兩院之間鬥爭也很激烈，要不是大院長羅魂天鐵腕治理，只怕內院和外院早就分道揚鑣，成立兩個門戶了。

現在的傀儡門突然圍住新生，不知是為了什麼？

被傀儡門圍住，只有徐明心知肚明，這幫人是來幹什麼了。

他心裡琢磨著，下一步該怎麼辦，是要和傀儡門的人決鬥嗎？

「聽著，在你們中間有一個人殺了我們傀儡門的人，現在我們給他半柱香時間，主動走出來，聽任傀儡門處置，不然，等到我們查出來就是死路一條，不但是他一個人死，就是他的家族都要受到牽連。」為首黑衣人冷冷掃視著眾人。

「殺了傀儡門的人，有沒有搞錯，是我們新生幹的嗎？」

「不太可能，凡是進入傀儡門的人，修練都不差，我們這些新生怎麼能和高手抗衡。」

「是啊，傀儡門還能操控動物，器械，絕對不會被我們新生給殺了的。」

大家都議論起來，自然都逃不過那個「女人」的耳朵。

他冷眼聽著眾人的議論，一言不發。

心裡卻是心冷到極致，他也不相信會有這樣的事發生。

但手裡有足夠證據，那隻跑回來報信的小蛇，帶回來的口信就是主人被殺。具體是誰，小蛇當然沒有能力說明，只是帶回來殺手的氣息，等一會兒，就讓小蛇逐個排查，兇手自然水落石出。

他也想知道，究竟是誰能在學徒水平就殺了傀儡門弟子，而且是修練到了三段的弟子。

傀儡門的眼裡不會揉沙子的。

一炷香很快就點燃，半柱香刻度也已畫好。

微風吹拂，香燃燒得很快。

依舊是沒有人出來承認。

大家都站在那裡等待，看看究竟是誰，反正不是自己，很多人都有一種事不關己高高掛起的心態。

只有徐明暗地裡緊張，他還沒有想好，被察覺後該怎麼辦！

「究竟是誰去報的信，記得殺白衣人時，周圍一個人沒有。」徐明心裡琢磨著。

卷十六　美女如煙

女人容貌的黑衣人是傀儡門的副門主花想容，修練的異術達到了很高造詣，相當於內院的內氣師境界，而且可以利用傀儡佈陣，殺機重重，在天門是響噹噹的人物，曾經在抗衡鬼族的戰鬥中，將鬼族一個戰鬥團打得落花流水，傀儡門由此成為一顆冉冉升起的新星。得到過天洲皇帝的獎勵。

此番，他的得意弟子白病花忽然被殺，而據小蛇傳回消息，兇手極有可能是在這幫新生之中。可想花想容有多麼氣憤了。

白病花修為不低，直逼內氣師水平，無緣無故被殺，白白損失了這麼一個弟子不說，這是對他的藐視，對傀儡門的挑戰。

眾人都很迷茫，誰有這個本事擊殺他的人啊！

大家紛紛議論著，都覺得傀儡門找錯了人。

那柱香已經燃燒到盡頭。

眼看著一炷香已到頭，操場上沒有吵鬧，大家都安靜下來，不知道下一步傀儡門會有什麼手段來。

「還是沒有人承認嗎？」花想容聲音直射進來，讓很多人心驚膽寒，這樣的聲音極有威懾力，讓心虛的人聽了心都在顫抖。

「花門主，是不是傀儡門弄錯了，我們都是新生，怎麼會殺了你的得意弟子？」這時候，寧靜站出來說道，她是未來肯定要進入外院修練的人物，殺手門的後起之秀，只有她和傀儡門的花想容說話，花想容才不覺得降低資格。

他很欣賞寧靜。寧靜也是他招來的學生，不過，也有他不喜歡的人物，他的眼睛落在了徐明身上，徐明他是看不上的，奈何擋不住燕翔子的推薦函，以及燕翔子門生李如煙對徐明的肯定，才讓這小子來到天門，此番，他再次看到徐明時，感覺到他有了些變化，似乎比以前有了精神，整個人神情飽滿，很是自信，這小子變化挺快的，不過，他依舊不喜歡他，對於不喜歡的人就是這樣，第一次見面沒有好感，以後就很難有好感。

「我有證據，我只是想給你們新生一個機會。」花想容對寧靜擺擺手。

然後冷笑的看著大家，道：「既然都不承認，那我就只好讓白病花的寵物青蛇鑒定了，兇手在殺死白病花時，小青蛇也在場，她的嗅覺一流，現在就讓小青蛇揪出這個深藏不露的人吧。」花想容聲音冷的滴水成冰。

一幫新生哪裡見識過如此震懾人心場面，安靜的像個待殺羔羊。

一條小青蛇在花想容手中盤旋，幾個傀儡門手下命令新生拍成一行等待小蛇鑒定，只要小蛇停在誰的旁邊不走，誰就是殺人兇手。

等到眾人站成一排。那條蛇從花想容手裡溜出來，緩緩的在眾人面前滑行。

第一個過去的就是寧靜，小蛇對她沒有什麼反應。

第二個是秀眉，小蛇也沒有任何反應。

接著是第三個，第四個……

眼看著小蛇就要到自己身邊了，徐明心裡很緊張，他到不是害怕被花想容收拾，他想的是要藏拙，如果讓一條小蛇露出了真相，以後在天門就沒法混了。

天門就應該受正統節制，比如劍學門，而現在天門格局是內院比較弱，而外院哪些控屍門、傀儡門卻很強勢。這樣的格局徐明從一開來就有些看不慣了。長此以往，內院權威就會被撼動，天門遲早要讓這幫靠邪門功法修練的人統治了。

一條小蛇暴露出他的修為，藏拙也無法可藏。

該怎麼除掉這條小蛇呢！

「你們在幹什麼呢？還不去上課！」就在這時，一個清脆悅耳聲音來。

遠處，一個清新的女生走過來，所有男生都不由目光一直盯著她看。

真是個美女啊！

這個女生太漂亮了，身穿淡綠色長裙，高聳胸部堅挺向上，展示出蓬勃的青春氣息，露著雪白的脖子，更惹人眼球。脖子上掛了一條翠綠色項鍊散發出幽幽綠光，一看就是上好的祖母綠製作而成，價值不菲。身材婀娜修長，走起來是那麼的動人，讓人看了第一眼就想看第二眼。

這個女生不是別人，正是招徐明等人進內院的李如煙。

李如煙在天門職位可不低。

天門中分學徒，就是還沒有正是進入學習的學生，此外還有就是一年生、二年生、三年生。三年生往上就是上等學生，專門研修天門精要武學。上等學生往上就是核心學生，是天門專門培養的人才，同時，還擔任天門的招生、新生授課等事務。

而這李如煙就是天門中的核心學生。是天門培養的對象，將來很有可能是天門的中堅力量。天門一直在培養能在領導兩個門派都有影響力的人物。

核心學生，就是天門的未來。

一看是李如煙來了，即使是傀儡門副門主花想容也得走過來迎接。

他雖然是門主，但並不是核心人物，連大院長都見不到，不像李如煙，是可以和大院長直接彙報的人物，又是核心學生今後的天門棟樑，他一個傀儡門的副門主怎麼敢慢待。

「如煙來了。」花想容臉上堆著僵硬笑容。

「花副門主，你在這裡幹什麼，這些新生為什麼要這樣？」李如煙很不高興的問道，她不用多看，就猜測出了什麼，一定是花想容搞亂。

「這個事情有點複雜。」花想容撓著頭道，將事情前後和李如煙講了一遍。

李如煙聽罷有些不大相信，道：「你敢肯定白病花是新生裡的人殺的？」

「我也拿不準，但不是有小青蛇嘛，小青蛇嗅覺靈敏，它肯定會找到那個人的氣味，到時候就都清楚了。」花想容道。

「如煙姐，我有話要和你說。」這時，徐明急中生智從人群走出來。

李如煙眼前一亮，這小夥子不是徐明嗎？目光探測過去，一下子就感覺到異樣，徐明身上籠罩了一層淡淡氣體，這樣修為怎麼會是一個新生，他的改變真不少。

李如煙早已達到了氣師中的第四階——五行氣師，可以利用周圍元素來攻擊敵人，對元素的奧妙有獨到見解，這小子那來如此修為？徐明的藏拙，在李如煙眼裡暴露無疑。

「徐明，什麼事啊？」李如煙走過來，徐明將她拉到一邊，兩人一旁私密的說起話來。

花想容豎起耳朵想聽聽他們說什麼。

徐明聲音很低，他又聽不到，心裡泛起嘀咕，這小子找李如煙嘀咕什麼呢？

他最想教訓的人就是徐明，而李如煙看他卻很順眼，這就讓他看徐明更不順眼。

他不知道白病花是怎麼死的，死前都做了些什麼，也許，白病花發現了什麼祕密，這個祕密最終導致他死亡的原因。現在人一死，這些都成了破解不開的祕密。

卷十七 出手相救

「你的內力很醇厚啊！」李如煙抓過他的胳膊，白嫩手握住他的胳膊，在徐明脈搏上感受了幾下，就知道他的內力精進絕對不是一點半點兒。她作為五行氣師，敏銳地發現徐明的不同。一查脈搏如她預料。

被李如煙細嫩的美手抓著胳膊，一時間眼紅了多少男生的心，想著要是李如煙抓自己的手該多麼美妙！

「我確實增進內力。如煙姐，我現在需要你的幫忙。」徐明看著她秀美的臉龐，絲毫沒有貪婪的看著她的容顏，透露出的是求助的眼神。

李如煙何等的聰明，眼睛愣了一下，立刻明白了些什麼。

眼下局勢就能說明問題，傀儡門要從新生中查兇手，而徐明功力莫名見長。

難道白病花死在徐明手裡？這又是為什麼？

顧不得多想，她立刻有了決斷。

這次來新生駐地，她就是看望徐明的，對於燕翔子推薦的人李如煙一直記得，她不明白為什麼燕翔子推薦了這麼一個無能的人，如果不是燕翔子安排，她是不會特招他進天門的，此番來，除了看望徐明，另一層意思是，一但發現徐明不適應，還是及早讓他回老家去。

天門是非之地，不是一般人能生存下來的。今天來到新生駐地，徐明給了她一個不一樣的感受。這小子竟然有了很大的進步，讓李如煙很欣喜。

當她聽到徐明有了麻煩時，自然會出手相助。

一隻手搭在徐明肩膀上，李如煙聲音清爽，一如她清新面容。「徐明，你的表現不錯，看來我招你來天門沒有看走眼。」這番親熱舉動，聲音甜美，羨慕了許多人。

「謝謝如煙姐，我一定會努力的。」徐明拱手道。

頓時，他感覺到一股涼意從頭到腳的襲來。李如煙按住徐明肩膀那一刻，給他傳送了自己內力，她的內力有一種說不出清香味。徐明彷彿如沐在李如煙清新身體散發出的香味中，整個人精神為之一爽。像剛從淡雅的花瓣中洗過澡一般。於此同時，他身上原有味道被驅散的一乾二淨。

這時候，那條小青蛇已經檢閱過很多人氣味。

「小子，該你了。」花想容摸著下巴，最後把注意力聚在徐明身上。

「你有什麼資格檢查我，我如果不同意呢？」徐明回過頭問道。波瀾不驚的目光中透著深邃。

「哼哼，不讓檢查，說明你心裡有鬼，我們傀儡門會不惜一切代價拿下你。」花想容惡狠狠道。

「花想容，這就是傀儡門對待新同學的手段嗎？」李如煙不悅問道。

「呵呵，如煙姑娘了，我們外院也是天門一大分院，接受的是正統教育，做的是正道事，對待新生一樣希望他們上進，不過，對於那些和傀儡門作對的人，我們就要斬草除根，讓他知道傀儡門厲害。」花想容笑道。

「既然這樣，徐明，就讓他檢查吧，不然你會有麻煩的。」李如煙道。

「我聽如煙姐的。」徐明點點頭。

花想容一招手，那條小蛇一下竄到了徐明跟前，目光盯著徐明，嘴裡忽然吐出了長信。兩顆獠牙清晰可見。花想容一下從坐的地方站起來，與此同時，傀儡門所有人神經緊張起來。

徐明的出現喚醒了那條蛇沉痛記憶，讓它想起那恐怖的殺戮手段。

當它進一步探詢，眼前這個人是不是兇手，卻探測不到半點氣味。

那個兇手留給蛇的氣味和這個人不對。

蛇是不依靠眼睛來認人，不然十個徐明也被它認了出來。何必費那麼大的事一個個檢查。

驚恐的氣息散去，小蛇從徐明腳下盤旋而上，繞到徐明頭頂上。

徐明站在那裡，沒有任何表情，直到小蛇黯然從他的身上盤旋而下泱泱離開。

花想容操控著小蛇，進行著溝通，很快，犀利眼神柔和下來。

對著手下揮揮手。

瞬間，被操控的木頭兵、傀儡門弟子，消失在眾人視線中，撤離速度快的驚人，和被包圍的時候一樣迅速。

花想容站起來，「各位，打擾了，如煙姑娘，改日去拜訪。」

說完，目光別有意味盯著徐明一眼，轉身離開了。

懸著的心終於放下了，徐明長舒一口氣，終於沒有被發現，在李如煙幫助下，他隱藏了下去。

「徐明，跟我來。」李如煙抓住徐明，施展起內力，腳尖動了幾下，聲音還在原地，人已經離開很遠了。

只看得眾人目瞪口呆的。

也有不少人羨慕不已，暗地裡猜測徐明被美女拉著會是去了哪裡……

李如煙一路拉著徐明離開新生駐地。

穿過一條長長石階路，在一座山峰半山腰上，一座宏偉大紅門屹立在山間。

山門上寫了兩個字：「內院」。

這就是天門的內院了嗎？

光是看那宏偉大門，在圍牆上露出的層層廟宇似的建築，就知道內院氣勢不凡。

他是第一次來內院。

作為新生，在沒有確定將來修行之路，只能在內院和外院中間的簡陋建築待著。那個簡陋的建築，除了食堂、宿舍、操場、教室，一個供老師們休息的地方和查閱資料的藏書室，幾乎就沒有什麼建築。

內院的門口站在兩個身材魁梧衛士。見到李如煙進來，都恭敬的低頭拱手。

李如煙帶著徐明踏進內院。

映入眼簾的是一條筆直通道，通道前方屹立一座最高建築。那是內院高層商議大事的地方了。建築兩旁分佈著各個教室，都是些有資格進入內院學生學習之地。

李如煙帶著徐明拐了一個彎，繞開高大建築，踏上了一條小路，小路蜿蜒曲折，不一會兒，就到了山腳下，山下一條清澈小河蜿蜒流過。小河上搭座小橋，跨過小橋，是一處建在山腳下別緻的院落。

有十幾處院落按照風水中的講究分佈在小河各處。院落周圍開滿鮮花，柿子樹紅紅的墜在屋頂上。

遠遠看去，彷彿人間仙境一般。

這是內院裡屈指可數的幾處好房子，專門供少數核心人士居住。

李如煙在這裡有一套屬於自己的房子，可見她在內院地位不低。

將來要管理整個天門的人物，修練已經達到了五行氣師的級別。理所當然，居住在最好的地方。

卷十八 她的閨房

一進屋子，徐明有些驚訝，屋子牆壁竟然是用靈石搭建而成，他能感覺到綿綿不絕的靈氣撲面而來，住在這樣房子裡，吃飯睡覺都有靈力灌輸，怪不得李如煙看上去就像仙女下凡，氣質絕塵，這樣靈力灌輸，即使一個普通農家女子，經過幾年沐浴，也會有仙子的風範，更不要說李如煙這樣的女人中的極品了。

靈石來源非常有限，大部分是來自深山老林，人跡罕至的地方。因為帶著地氣和日月精華，經過修練把內核氣激發出來，那帶著日月精華的靈力長年揮發出人最需要的日月精華來。常年呼吸在這樣的空氣中，人自然會超凡脫俗，別有氣質。

在地下凍土帶，或者山頂的峭壁上，偶爾能發現一些靈石，但卻都是小塊的，有時候在動物身上也能發現一些靈石，不過就更小了，有些動物懂得採集日月精華之道，逐漸修練起來的，能有拳頭大小就不錯了。

像李如煙這裡，整個牆壁都是靈石搭建而成，就是極度的奢侈。

靈石泛出青綠色，光滑無暇，摸上去陣陣清涼，還能感覺到它的呼吸，好像有了生命一般。這樣的靈石，簡直堪比一個千年修練的老妖了。

就在他還沒來得及將驚訝表達出來時。李如煙拉他坐在椅子上，椅子冰涼，靈氣散發，如果是修為低的人，坐在上面久了只怕會傷到內臟。

「你的五臟肺腑都在出血，說，到底是怎麼回事兒？」把門關上，李如煙神情緊張的問道。

「如煙姐，你看出來了。」在李如煙面前，徐明莫名的對李如煙有一種好感。

雖然他覺得不可能，李如煙是內院高材生，天門核心學生，未來天門領導者，而他只是天門一個普通新生，連有沒有資格待下去繼續學習的機會都難說，這樣的相差懸殊，他自然懂得什麼是高不可攀。

但內心仍舊有一股不服輸的力量在召喚。

他希望自己有朝一日可以強大起來，強大到這個女人對他取得成績的尊重。

「廢話，這麼嚴重我一搭你的經脈就發現了，只是那時不好說而已。」李如煙在他面前沒有拿一點上等人架子，普通的就像他的姐姐。在這麼超凡脫俗擁有絕對氣質的女子面前，說的話卻是平易近人，徐明心底裡很感動。

「白病花是我殺的，只是在和他交手過程中，我受了內傷。」徐明坐在那裡，老老實實的承認。

「果然是你殺的，你為什麼要這麼做？」李如煙很不高興，作為天門管理者，她當然不希望內部人因為糾紛而賠上性命，這樣叫她很難辦，天門學府內院和外院互相看不上，但也不至於發生殺人事件。

更讓她想不通的是，殺人者竟然是徐明，一個剛來的粉嫩新人。

徐明端正了身體，面色恢復了平靜，道：「是他要殺我，我才迫不得已動手，誰知道會失手殺了他。」

「這麼說，是他要殺你在前？」李如煙眉頭皺了皺，想不通白病花為什麼要殺一個新人。

「不錯，他早在三天前就開始對我動手了，先是在宿舍的走廊裡把我嚇暈，然後又給我輸送毒氣，我體內至今還有沒有排出去的毒氣。」徐明也倒想不通白病花為什麼要殺他。他從來就沒有得罪過此人。

「這就奇怪了，難道是你身上有什麼祕密，倒讓他不惜殺了你的地步？」

「我問了，可惜，他還沒有說明白就死了。」徐明苦笑。

「到底是你那裡吸引他了呢？」聽到這裡，李如煙托著小下巴，一雙美目看著徐明，想從他身上看出些什麼來。

想了一會兒，她搖搖頭，但還是理出一點線索來，「據我所知，白病花性格內向，很少喜歡做拋頭露面的事，他在傀儡門也不過是一個大弟子身份，我想，要殺你的人並不是白病花，而是另有其人，白不過是執行他的命令罷了。」

徐明腦袋都大了：「什麼，另有其人？我可是新人一個誰也沒有得罪過啊，究竟是什麼人要殺我？如煙姐姐，你得給我出面啊！」

「瞧把你緊張的，你現在的身手也不低嘛！」李如煙看著沒見過世面，農村來的小夥子徐明，覺得他質樸可愛。

想了想，她道：「究竟誰要殺你，還不得而知，不過，我想肯定不是一般人，也許，是你身上某種東西，讓他不得不殺你。這件事我會慢慢調查清楚。」

「我該怎麼辦，坐等其上門嗎？」

「先和我說說，你的內力突然提升到底是怎麼回事兒吧。」一旦有了想法，李如煙心裡有了主意。也許，這裡面還藏著什麼不可告人的祕密，作為管理天門的人，她有揪出這個祕密的義務。甚至可以和大院長羅魂天彙報一下了。

「在藏書閣，一本書裡。」徐明簡單的說了幾個字。

「你以為你們新生那邊藏書閣會有什麼好書，都是些不值一提書罷了，真正藏書閣在內院，有護衛日夜值守，其防衛程度不亞於藏寶閣。」

徐明聽了才道：「原來那間藏書閣並不是重要的啊！」他心裡也明白了，為什麼他可以輕易的進去。

「不錯，那裡不過是為了給新生寫教材的地方，是有一些書，在你們看來比較高等，但在天門中看來，也只是普通不過的書籍而已。」李如煙搖頭笑笑。

徐明也明白過來，那裡藏的書不過是一些如《劍術》一百冊，《棍術》八十冊這樣的書，在他看來也高級了，因為他們新生要從第一冊開始學起嘛！原來是給老師們寫教案用的參考書。

但是怎麼會有那麼一本神奇書的在裡面呢?!

「快點說，你到底怎麼回事兒。」李如煙不悅看著他，又覺得徐明不是撒謊，看的出來這孩子老實，不是那種喜歡撒謊孩子。靠徐明的口才也編不出一個合理故事，任何編造都不值得推敲，尤其是新生的故事，她都可以輕易破解出來。

卷十九　如實招來

徐明老老實實對李如煙講了一遍自己的遭遇。他信任李如煙，所有來龍去脈，講得毫不隱瞞。聽罷他的講解，李如煙這才明白過來。

原來徐明真的從一本書裡得到真傳。

「那本書呢？」她問道。

「等我醒來就不見了。」徐明道。

「一定是高人，他的修為高深的我們難以理解，不像是這個世界的人。」李如煙道。

「如煙姐，下一步我該怎麼辦？」徐明懇求的望著她。

「徐明，你說的對，你應該繼續藏拙，不然這麼怪異的功法被你掌握，我想那些老傢伙們未必能同意你進內院。你要一步步來，只要爬到內院的頂層，就沒有人跟你作對了。」李如煙說道。

「如煙姐，只有你瞭解我。」徐明目光神情望著他。

「切，當心你走火入魔，我還是對你掌握的功法有些擔心，那個《恆河沙數》的練功方法，就是說內氣由無數沙子組成，一沙一世界，如果沙子全部打開，那樣修為，簡直讓人覺得恐怖，只怕不是這個世界能夠理解和掌握的。」

「是啊，如果按照《恆河沙數》裡面修練，全部打開，億萬顆都應該有吧，那和天上的星星一樣多，我們腳下的地球不過是一粒沙子而已。不過，我現在連一顆沙子都沒有打開，這個修練不一般。」他苦笑道。

「一顆沙子都沒有打開？那也夠厲害的了，可以從一個新生躍升到殺了傀儡門大弟子的水平，如果打開一顆沙子，不知道會是什麼結果。」就連李如煙都為他震驚，徐明的未來不可限量。

「反正，我還是想從學生做起，一步步向前走才能看到更多風景。」徐明道。

「我會替你保守祕密的，你可以回去了。」李如煙點點頭。

「如煙姐，你找我就是為了這件事？」

「那當然了，我必須知道你提升的祕密。不然，對天門來說是個大患。」

「那我走了。」他有點失望道。

「回來。」剛走出幾步，李如煙又把他叫回來。

「什麼？」徐明不解的回頭問道。

「過來坐下，我給你調理一下再走。」李如煙道。

徐明臉上露出驚喜，能讓李如煙調理，說出去要羨慕死一大片人。

「如煙姐，你對我真好。」由衷地道。

「少來，我只是看你可憐，要不然我才不管你呢，不要巴結我。」李如煙打開一扇門，門裡面光潔如玉，在一個畫著八卦靈石圖形裡，一個陣法緩緩運轉，更強大的靈力裡進了進來。

這是她的修練法陣，內院專門供她的修練之地，有大量靈石可以採用。

在這樣的法陣裡修練，可是普通人三倍速度。

這就是很多人為什麼要把孩子送到學院裡來研修武藝，學院裡掌握著大量資源，高層次的人才。可以對修練的人大有裨益。待在家族裡，鼠目寸光，一味的修行，十年進展也不如學院的一年。

卷二十 研究刀法

從李如煙那裡出來，已經是很晚了。

經過一個下午修練，徐明真氣上升，循環往復，快速修復著體內臟腑，經過李如煙內力輸送，很快就治癒好了他的內傷，只要不過分的用內力和劇烈的體力消耗，他的內傷可以在五天內完全恢復。

天氣悶熱，小鳥都懶得叫，只有樹上的知了為了找到一個心儀對象賣命的嘶鳴。

同學們一上午沒有見到他，知道他被李如煙帶走了，下午見到他的時，卻見他神采奕奕，神色不錯，精神百倍，頗有氣場了。

一個人有氣場，就說明這個人在強大，氣場越大，這個人就越顯得強大。

徐明現在的氣場已經有了形成。

大家都感覺到了他的威嚴，一時間，很多敬仰，崇拜的目光送了過來。

徐明笑著和大家打了個招呼，回到自己座位上。

而那邊黃浦江和幾個手下坐在那裡，翹著二郎腿，不知道正議論什麼，見到徐明走進來，黃浦江滿臉尊敬，首先站起來，衝著他點頭笑道：「班長，來了。」

「嗯。」徐明不鹹不淡對他點點頭，算是給了他個面子，打了個招呼。

黃浦江和手下幾個一臉僵笑，望著他瀟灑的走過他們面前，一點脾氣都沒有了，除了順從，被征服的服氣，黃浦江幾乎折騰不出什麼讓徐明倒楣的事情。更何況，他還指望徐明給他個副班長當當，好將來混個學生會的一官半職，在家鄉謀個職位。

王嘉明探過頭來，用崇拜目光看著他：「老大，你今天表現太讓我震撼了，我真心佩服你。」

「不用，遲早我會讓你和我一樣。」徐明拍了下他的肩膀。

王嘉明的表情難以用語言來表達，這說明自己在班長眼中的位置，不但可以提攜他，而且還要培養他，王嘉明深感交了徐明這個朋友，是自己來天門最大的收穫，可笑自己竟然還因為他以前不夠強大，曾經對他有些意見。

「班長，等一下是那個刀師來給我們上課，他可是個厲害的人物，你別忘記了他說過的話。」王嘉明想到今天的課非常重要，而徐明好幾天因病耽擱，耽誤了很多，已經被好幾個老師記住名字，等下他們會單獨找徐明談話，在天門不上規定的課，是要受到懲罰的。課程老師有絕對的懲罰權力。怎麼樣懲罰就看他們的心情如何了。

「刀法課？老師說過什麼？」

「連這你都忘記了嗎？刀法老師說過，他教過的課我們必須全部掌握，不然，讓他查出來，絕對輕饒不了我們。上兩節課，有個傢伙就沒有記住幾個簡單招式，被刀法老師狠狠的揍了一頓，天啊，那可是真的出手打人啊，就差用刀砍了，這傢伙很暴力的。」王嘉明在他耳旁嘀咕道。

「什麼，什麼，刀法已經講過三節課了？」徐明聽了面色突變，他可是只有上過一節課的。這個刀法老師每一節課都是大課，講的內容很多，差不多，三天能把一本初級刀法的書講完一本……

「《刀法一》和《刀法二》我們都講完了，這一節應該講《刀法三》了！老大，你可是耽誤了不少哦！」

「完蛋了，完蛋了，快把《刀法三》給我看看。」徐明一聽，就知道出了麻煩，這個刀法老師不但講課快，最喜好的就是考學生學過的東西，他必須要提前準備一下。

「老大，要《刀法三》幹什麼，他要抓了你的典型，抽中了你，最起碼要考的是以前講過的課程啊。」王嘉明不明白的問道。

「這你就不懂了，他看我三節課沒有來，已經對他冒犯了，如果我不會《刀法三》，他還是要給我難堪的，現在我就不看《刀法一》和《刀法二》，直接研習《刀法三》，也好應付一下。」徐明在這個問題上，針對老師特點做出了判斷。

「也許是。」王嘉明將信將疑的把《刀法三》新書遞給他。

這本刀法初級本有五十本，要學到《刀法五十》，才有一個最終考核，刀法老師會給每個學生一個評分，評分對於他能不能繼續留下來起決定的作用。

每個學生都會有不同老師打分，最後有一個總分，是決定能不能留下來天門的決定因素。

有些學生因為成績不理想，只得離開天門，有些成績差的，還可以做天門的雜役來複讀，等到來年考，只有那些出類拔萃的學生才有資格從學徒級別升格進入院府深造，根據不同的特長，和對未來的期待，決定去內院還是外院進修。

進了內院和外院的學生都稱之為精英學生，在新生面前當然有足夠顯擺的資格，再升一級是優秀學生，比精英更高一個層次，再上一個層次是核心學生，參與門派的管理和教學。現在，教授他們課程的有幾個都是核心學生。

李如煙就是核心學生，因為太過於出色，她被總管天門的大院長挑選做助理，管轄內院和外院兩個院，是將來正統管理者的苗子。一旦當上核心學生，就是天門佼佼者，以後天門發展的中堅力量。

就在徐明認真的翻看著《刀法三》時，那刀法老師走了來。

一進來，他什麼話也沒有說，冷眼掃了一眼眾人。

目光定格在徐明身上，嘴角掠過一絲冷笑。

此時徐明真認真快速的翻書中。

「徐明來了沒有。」他話語中透露著冰冷的語氣。

教室裡，大家的心都緊張了一下，只怕班長的日子不好過了！

刀法教師名叫甯成春，一手《春秋刀法》出類拔萃，在加有一身外氣功，手法凌厲，出手迅速強暴，是出了名的快刀手，在內院刀法門任核心學生，也兼管刀法門具體事務，但因為脾氣火爆，管理起來不得人心，得罪了不少人，所以，被打壓下來給新生教授刀法，講述的都是一些最基本刀法理論，在他眼裡輕易完成的招式，但這幫新生很讓他生氣，一個個都是花拳繡腿，刀玩得沒有力道，沒有曝氣，只是為了完成招式而完成，更有些人還不來上課，簡直是藐視他的存在，那個叫徐明的人他已經注意了好幾天了，每次都不來，他早就準備好了，等這傢伙來了，要給他一次教訓。

這已經是他的忍耐極限了，要是按照他的火爆脾氣，所有的人都不會及格，想進一步深造，在他的刀法一課就過不去。

當他看到徐明三天後坐到了位置上，心裡就氣不打一處來。

一上講臺，把蛟石鍛造的黑鋼刀啪地放在課桌上，直接點名。

面對甯成春威嚴，徐明站了起來，預感到一場風暴即將襲來。

大家都不敢吭聲，面對甯成春火爆脾氣，眾人都很忌憚。

甯成春見徐明站起來，嘴角掠過一絲冷笑，道：「你就是徐明，你吃了豹子膽了嗎？連我的課也敢逃？」

「甯老師，我這幾天身體不太好。」徐明低頭道，一副小心樣子。

「身體不好是理由嗎？要想進天門深造，只要死不了，爬也要給我爬到課堂上來，即使身體不能動，耳朵也能聽到，眼睛也能看到。我看你精神飽滿，一點也沒有病夫痕跡，說，你是不是看不起我的刀法，不屑於學習？」甯成春瞪著銅鈴大的眼睛，口舌伶俐，唾沫亂飛，說的時候手還拍著桌子，嘩嘩作響，把氣氛搞得異常緊張。

大家都不敢說話，尤其是前排學生，桌上灰塵被他們全部吸收，連個噴嚏都不敢打，強忍著憋在那裡。

「刀法是正統技藝，學徒們必須學習的課程，如果我不學，就意味這我不可能進入內院深造，我怎麼敢不學呢。」徐明解釋道。

「哼，你知道就好。」甯成春哼了哼。

「老師，我其實一直也沒閒著，前兩天在宿舍躺著，也在研習刀法技藝，沒有一天敢落下，這個有我的同學們為證。」

徐明剛說完，就有王嘉明大著膽子道：「老師，我可以作證，徐明躺在宿舍的時也在看書，這幾天他都研習到《刀法三》了。」

王嘉明證詞讓甯成春臉色緩和了一下，直視徐明目光也不在那麼凌厲：

「這麼說你一直對刀法有研究，《刀法三》我還沒有講，你就學過了，是嗎？」

「不錯，甯老師，刀法三已經看完了，有了一些自己心得。」徐明點頭承認。

甯成春臉色忽然有了笑意，這說明自己的課程他很尊敬，這就意味尊敬老師。

「既然如此，你給我演示一下看看。」

「唰！」眾人目光都望向徐明。都為他有點擔心，說出去的話，吹過的牛，總得要圓啊！

甯成春要求可是很高，不是容易糊弄的。即使徐明能演示幾招花拳繡腿刀法，也是過不了關的。一時間，大家都為他擔心起來。

甯成春心裡冷笑了一下，如果是徐明蒙自己，那今天就有他好看，如果他能演示幾招，他倒是要看看，他是不是在玩虛的糊弄人。

「好，老師，我就獻醜了。」徐明嚥了一口唾沫道。他有點自信不足啊！在甯成春進來的時候，他剛剛看到第十頁……

卷二十一 贏得精彩

「啪！」甯成春一拍面前桌子，那把黑鋼刀飄然而起，直奔徐明而來。

徐明伸手接住，感到一股強大力道穿來，如果不是他最近修為加深，這把刀根本就接不住，它帶來的力道太過強大，就像一股強風似的能把人吹到。

果然是好刀，僅僅是握住鯊魚皮刀鞘，也能感覺到，刀鞘裡面不是一把刀，而是一個有生命的利刃，歷經淬煉，這把刀好像成了精。

他接住刀的一瞬間，甯成春臉上流露出一絲詫異的神色。

甯成春故意用了力道加持，根據他的判斷，現在新生很難能接住，刀風勁氣足可以讓他後退，然後，整個人轟然倒地。

而讓他預料失望的是，徐明輕易接住那把刀。

「你，到講臺上來。」甯成春道。

教室非常大，講臺是圓弧形，佔據教室半壁江山，這是專門為老師們講課時演示動作用的。

教室講臺下有二十張小課桌。每個人都可以清晰看到老師演示，這就是為什麼要把這批新生分成五個班級，小班授課讓每個學生都能有好的教育環境。

如果熱熱鬧鬧湊上一百人大課堂，估計老師講的也沒有心情，學生們有的人連看都看不到講臺上的老師。

「唰！」徐明抽出刀，炫目亮光照射的屋子一片光芒，眾人不由地眯起眼睛。

這樣的刀，還沒有出手，就讓對手震撼。

這把刀長五尺，刀身三尺八寸，其餘就是刀柄，可以雙手握，也可以單手握。刀柄上方寫著「御林軍刀」四個字。這把刀竟是上過戰場的軍刀，怪不得殺氣這麼重，透亮的刀身上隱現出暗紅色，不知道有多少人的性命終結在這把刀傷。

甯成春一直注意他握刀的方法，以及對刀感受。

徐明沒有說什麼，雙手握刀，閉上眼睛，腦海裡閃現出刀法中講過的套路。

他深吸一口氣，以身催刀，刀隨身轉，逢進必跟，進退連環，腳步扎實，馬步穩當，即使刀被他玩的一片光芒，馬步依然泰山不倒。

徐明是翻過書的，《刀法一》和《刀法二》講的都是基本刀法，講究大劈大砍，一招一式兇猛攻擊，渾厚矯捷，以不變應萬變。而在《刀法三》中，刀法技藝有了不同，開始融入連環步法，左右撚轉，迅疾多變，以守為攻，主動出擊。

刀法行進中，要求後退發力，落腳要求腳跟著地，輕而不浮，動步時要求極速連貫。以腰帶刀，身催刀行，蜿蜒如蛇行，這就是刀法的精要。

只見徐明身法凌厲，後退一蹬，爆發出要踢穿石塊氣勢，發出響亮的聲音。

落地輕而敏捷，宛如一隻掠過水面燕子，動步時候極速連環，嗖嗖嗖，刀光一片，人影浮動，讓人眼花繚亂，不知真身所在。

等到他停下來，教室裡的學生們都有點看不過來，恨不得多生幾隻眼睛，沒有想到徐明的進步飛快，刀法掌握的如此精妙。

「老師，我練完了。」徐明將刀放回刀鞘，恭敬地遞給甯成春。

「徐明，你可以回去了。」甯成春剛才還是陰雲一片，這會兒笑容浮現臉上，有了幾分春色盎然。

徐明心裡鬆了一口氣，從未見過甯成春笑，大概算合格了吧。

「看得出來，徐明一直在認真學習刀法，你們呢，從來就是敷衍了事，知道什麼才是刀法嗎？徐明一招一式，都帶著一股氣，有了氣才有力量，才有氣勢，如果沒有這股氣，練出來就是花拳繡腿。我希望你們以後多學習徐明，他的刀法已經練的非常好，從我給新生上課以來，這是第一次為新生叫好。」

甯成春大大誇讚了一番徐明，讓其他同學心裡頭都不是滋味兒。

尤其是黃浦江，原本以為甯成春要打壓一下徐明勢頭，他心裡還挺高興的，沒有想到，卻是大讚徐明，讓他原本高興的心情瞬間降成了鬱悶不堪。

看來，要找到可以和徐明抗衡的人，放眼過去已經沒有了，才短短幾天功夫，這傢伙就得到了很多人的青睞。

突然，念頭一閃，出現在他腦海裡，如果能借助外力整垮徐明，那他這個副班長不就可以一躍而升，轉變為班長了嗎？

班長這個頭銜至少可以做到進內院。

班長好處絕對不是一個名譽頭銜，而是實實在在的實惠，黃浦江從以前的師哥那裡知道，經過一段時間學習，班長權力將會越來越大。每個班級都要組成一個作戰團隊，進行各種冒險，而每個人得到的功勳都有班長一份兒。將來靠著這份功勳，就可以換取寶貴的資源……

「徐明，你對刀法的研習超出了我的想像，你確實是一個研習刀法的人才，我希望你能繼續將刀法研習下去。」這是甯成春下課後留給徐明的話，甯成春講了很多，言下之意，有意讓他進入內院刀法門學習。

這也意味這給徐明開了綠燈，屬於保送生，不管他別的課目合格不合格，只要內院刀法門要他，他就可以進入內院深造。就像寧靜，早被殺手門看上，度過新生期，她就進入殺手門，現在，所有的新生只有寧靜過得愉快，她即使門門考試為零蛋，也能進入外院的殺手門。

「老師，我再想想吧。」徐明對甯成春的好意婉言謝絕了。

甯成春臉上流露過一絲失望，這麼好的學生，不學刀法太可惜了。甯成春非常可惜，一個天才般的學生就要流失了，他心裡非常不忍心，再等等機會吧，徐明這樣肯動腦子學習的人，已經越來越少，他一定想辦法把徐明弄到刀法門去，誰要和他搶，那就是和他甯成春過不去。

帶著這個思想，甯成春講完一節課，匆匆離去了。作為內院核心弟子，他要回去彙報一下直接招收徐明進刀法門的事。

徐明內心是要進劍學門學習劍術的，原因很簡單，推薦他來的燕翔子，曾經就是劍學門一代宗師，在內院有著很深影響力。秉承師父信念，把劍學好，將來見到他老人家也有個交代。他的老師燕翔子被埋地下，只怕幾年內沒有出頭之日。而他一來天門，就遭受暗中陷害，這一切，都讓他感到，也許都是衝著他是燕翔子徒弟來的，師父之前沒少得罪人，這些人把仇恨轉嫁他身上，亦或者是有什麼別的祕密，他無從得知，只有等到燕翔子從地底下冒出來那一天，真相才有可能大白天下。

這時候，輔導老師走進教室，宣佈了一個驚人決定。

五天後，初級課程全部學習完，屆時，將進行一輪摸底考試。什麼是摸底考試，就是看看這幫人學到了些什麼，能不能靠學到的東西戰勝困難。

摸底考試分成班級來進行，每個班級由班長帶頭，進入天門後山一條地下深溝，這條地下深溝彷彿是把地底切割出一條裂縫，裂縫深數十丈，長一百里，常年被密林包圍，地下有不少奇異生物。傳聞地下生物有很多都有靈力，靠吸食靈石生活，如果抓到這樣的動物，得到它的靈石，就可以提升內力。

設定的路程是十里地，在地下深溝邊緣進行，因為地下深溝很長，不知底在何處，而且，越往裡走危險越大，有些動物修為超出了人類想像，不是一般修為人能進去，所以，給新生的設定只有十里，能有所斬獲的人將得到獎勵。

摸底以班級為單位，提倡團結奮進，最後，將有五名被淘汰。也就是說，這次摸底有五個人將被淘汰，班級制勝最為關鍵，只要班長夠強大，能帶大家走出險境，團結人心，凝聚力量，就不會被淘汰。摸底考試所有的衣食住行，都由班長想辦法解決，學院不提供一粒米飯，一桶水。這樣的待遇，簡直更像是對班長的考驗。

卷二十二 夜入外院

夜深人靜，天上懸掛著一彎冷月，微風吹來，不覺身上有了寒意，深秋來了。

田野裡少了青蛙的聒噪聲，求偶的蟋蟀也沒有了聲響。

外院的大門是兩尊張牙舞爪的怪獸。

原來擺的是兩尊正氣盎然的石獅子，但被外院的院長搬走了，他認為外院人修為不適合擺石獅，外院所有修練都與內院相反，從旁門左道中挖掘潛修機會，用的方法候也很怪異，用到獸血修練也是正常，不用人血已經算是受過正統教育了。

一個身影走過外院怪獸石尊，黑色的大門緊閉。

兩個手拿鐵錘的猛士出現在門口，警惕問道：「誰？」

「兩位壯士，是我，呵呵。」人影一閃，露出黃浦江諂媚的笑臉。

同時手裡也不閒著，遞過去兩個紅包，每一個紅包都有一百兩銀子。

兩個猛士眼睛一亮，隨後，毫不客氣將紅包收了起來，「你還算有點見識。」

「你來幹什麼來了？」一個猛士將手裡大錘轉了轉，在大錘上吹了口氣，看上去一句話不對，一錘就把他毫不費力的砸死。

「我要見花想容門主。」黃浦江陪著笑臉道。

「花門主？他可沒有功夫見你，深更半夜的，你明天再來吧。」一個猛士說道。

「別別，我們是約好了的，他在傀儡門等我，白天我就派人送信來了，得到花門主的回覆。」黃浦江忙道。

兩個猛士本想不讓他進去，但收了他的銀子，知道這是個大主顧，希望他經常來送紅包。兩人嘀咕了一下，商量了一會兒，道：「你可以進去了。」

「多謝兩位，只是，傀儡門在什麼地方，還請兩位指點一下。」黃浦江知道外院神祕莫測，他擔心走錯路，闖進不該看到的修練場景，被掐死做研究可能都是有的。

「進去以後往東走，看到一座房子亮著燈，就是花門主住地了。」守門人輕描淡寫的說道。

「只有花門主的燈亮著？」黃浦江好奇問道，他還是擔心走錯被研究……

「不錯，這鬼森森外院，只有花門主喜歡點燈。」

「呵呵，知道了，多謝兩位猛士。」他作揖踏進內院大門。

「嘎吱吱！」漆黑的大門在他踏進後關上了。

一股陰冷的風吹來，天色漆黑，那剛剛還在門外掛著一輪彎月也不見了，好像被一塊大布蒙上了。

「嘎嘎嘎！」

黑夜中傳來烏鴉淒慘的鳴叫聲。

「嗚嗚嗚……」

一團藍色火焰發出鬼哭的聲音，在他面前飄過……

黃浦江站在那裡，渾身雞皮疙瘩，腳步僵硬，分不出東南西北，不知道該怎麼走了，站在外院和進了地獄一般陰森。

忽然，前方出現兩個燈籠，閃著幽冥綠光，顫顫巍巍向他飄過來。

黃浦江渾身汗毛直豎，心道，外院就是邪門兒，這究竟是什麼？

「千萬不要，我只是一個新生啊！」黃浦江眼見一團綠色鬼火飄過來，立刻示弱，這他得罪不起啊！

誰知那團鬼火並沒有理會他，徑直走到他面前。

黃浦江忙用手臂擋住眼睛，刺目的綠色讓他睜不開眼睛。

雙方相隔不到一米，那團鬼火散發出陰森的氣息，讓人不敢直視。

過了一會兒，黃浦江感覺到沒有什麼危險，這才慢慢放下手來。

站在他面前的是一個木頭人，眼睛裡閃出一晃一晃的綠光，站在他面前半天沒有動彈。

黃浦江虛驚一場，要是面對面對決，他也敢出手的，他最害怕的就是這些邪意的玩意兒。

木頭人忽然說話了：「黃浦江嗎，跟著我的木頭人走。」

黃浦江一愣，這是花想容的聲音，他的氣息在木頭人身上，能感知到他的到來。

「是，花師父。」黃浦江忙道。

只見那木頭人轉過身，手裡提著一個紅色燈籠，眼睛閃著綠光，在暗夜中照射出一道詭異的光芒。

黃浦江忙跟在他身後，擦了擦額頭的冷汗。

一片漆黑的地方，亮著一盞暗黃色的燈，屋子裡一個黑影靜坐在那裡。

黃浦江剛走到門口，門無聲無息打開了。

花想容坐在屋子裡，面前放了面鏡子，手裡拿著支筆，正認真的畫著嘴唇，兩片嘴唇畫的就像吃了人血。

「晚生拜見花門主。」黃浦江拱手作揖沒敢進去。

「進來吧。」花想容對著鏡子捋了捋頭髮。

黃浦江提心吊膽走進來。

「你找我是為了徐明的事，你想告訴我什麼？」花想容沒有看他，繼續端詳著鏡中的自己。

「花門主，我知道您對徐明有懷疑，這小子最近很奇怪。」黃浦江道。

「說下去。」花想容本來對這個送上門的廢物沒什麼好感，不過，看在能得到不少資訊，還是見了他。

「我記得剛來時，徐明很弱，是我們這批新生最弱的一個，但是，最近他提升的很快，在新生裡能和他抗衡的人已經少有了。」

花想容手中的筆停了下來，「你是說他的能力忽然暴漲？」

「不錯，我懷疑，那白病花很有可能是他殺的。」黃浦江趁機賊贓陷害。

「他怎麼可能在短時間提升，你們這些笨蛋新生懂什麼，也許他是在藏拙，以前沒有在你們面前露一手罷了。」花想容想不出有什麼能力能在短時間提升這麼快。

「花門主，我知道您對徐明沒有什麼好感，我也一樣，對他也恨之入骨。」黃浦江急切的表達了自己的心願。

花想容冷笑一聲，「你想借我的手除掉徐明？小小年紀，倒是挺陰的。」

「不敢不敢，我是求您老人家出手，如果您出手相助，我願把家傳的寶貝拿來孝敬您。」黃浦江道。

「金銀財寶嗎？我沒有興趣。」花想容不以為然，一個新生會有什麼寶貝。

「我的這件家傳之寶是一件狐皮，是我爺爺的爺爺在深山老林裡打死的一隻妖狐，據說，只要披上這狐皮，人就會變得妖嬈起來，男人有可能變成女人。」

「千年狐皮？」花想容愣了一下。

相傳得到千年妖狐的皮，人可以變成仙子模樣。

他從小就喜歡男扮女裝，一直對自己的男兒身不滿意，如果有了這千年狐皮，他就有可能變成「她」！這對於花想容來說太有誘惑力了。

「你叫什麼名字？」花想容臉上露出笑容。

「晚生黃浦江。」

「黃浦江，我覺得你的提議很好，徐明我會處理，你可以把那件千年狐皮拿來了。」

「呵呵，花門主，晚生還有一個小小的要求。」

「你還有要求？」花想容皺皺眉頭。

「晚生將來是要去內院混的，還請花門主多提攜，讓晚生混個會長什麼的，晚生不會忘記門主的提攜的。」黃浦江吃準了狐皮對花想容有致命誘惑力。

「這沒有問題，我作為外院門主也會幫你掃除障礙，幫你當上學生會會長，最後晉升成精英學生。」

「多謝您的提攜，明天，我們新生要去地下深洞歷練，您可以借這個機會除掉徐明。」黃浦江湊過頭來道。

花想容點點頭，他心裡已經有了一個辦法。

看來徐明非死不可了，不單單是花無病的離奇死亡和他有著說不清的聯繫，僅憑那一件千年妖狐皮他也得死啊！

卷二十三　地下溝壑

新生的訓練拉開了帷幕。

所有的人什麼都不准帶，赤手空拳，在班長帶領下分成五個團隊，進入了地下溝壑。

這條溝壑長有百里，很多地方都深不可測。

新生只要求邊緣地帶走十里，在往裡走就是禁地，那裡陰森恐怖，常年不見天日，只有內院高手，和外院的一些喜用陰修的人能進去。

五個班級依次先後進去，他們必須在晚上返回，然後盤點成果，看看那個班級完成的最好，通過這個活動，考察大家表現，從而發現最不適合在天門發展的學生，這次淘汰名額設定為五個。

徐明帶著班級，第三個進入了地下溝壑。

溝壑很寬，一進去就會發現裡面別有洞天，不是一條直直溝壑，延伸出好幾道支脈，分分合合，直到最後合二為一，統一進入禁地之門。

他們一進來，就發現其他班級的人都不知道去了那裡。

徐明選擇了一條看起來很少有人走過的溝壑。

帶領著二十幾個人走進去。

一路上遇到了不少動物，野狼、兔子、野豬。大多是普通的動物，根本就沒有什麼有靈氣的動物，大家都很失望。

很多人覺得是走錯了路，大家越走越深，發現腳底有了變化。陽光不見了，消失在頭頂之上，密密麻麻的枝葉擋住太陽。

一開始，大家都能感覺到陽光碎點般照射進來。然而，越走越發現，頭頂漆黑起來，太陽不見了，腳底下突然出現了水。水非常涼，還有黑色魚兒游過。

大家這才發現，這條隧道是向地底下的。

「班長，我口渴。」

「班長，我餓了。」

「班長，我們該怎麼辦？」更有很多人擔心不已。

因為進來之前有嚴格檢查，都不許帶水和吃的東西，一切要班長帶領大家解決。

這時候，大家都有各自要求，自然要來找他這個班長。

黃浦江則心道，今天就是徐明的死期，不知道花想容會在那裡下手。之前，他們有過溝通，在新生鍛鍊中將徐明祕密殺害。

殺一個學生天門肯定會查的，但在地下深溝，任誰都不會說什麼，唯一的結果就是徐明死在深谷裡面，遇到了怪獸侵襲。

而且，之前新生訓練就有死過人的先例，天門在新生訓練中有死亡名額。屆時，徐明會按照死亡名額進行處理，新生中除去他的名字，他的家屬將得到一筆不菲的賠償金，這個程序走完，這人就永遠不會有人提及了。

「來的時候不讓帶水，走了這麼半天確實口渴了，班長想想辦法吧。」有人道。

「腳底下不是有水嗎？我看還是千年泉水，冰涼好喝，你直接喝就是了，廢話那麼多幹什麼。」說這話的當然不是徐明，作為班長，他要照顧到每一個人，能說這話的只有寧靜，未來的殺手門核心學生，反正以後是孤單行事的，她誰也不在乎，也不怕得罪人，別人怕她還來不及。

「萬一喝死了怎麼辦？你怎麼不喝。」那個同學氣呼呼的說道，寧靜從沒有把他放在眼裡。

「人生自古誰無死，有什麼好怕的，我渴了自然會喝的。」寧靜冷笑道。

「你們兩個少說幾句。」徐明在最前面，邊走邊喝止了兩個人的拌嘴。

「大家要接受統一的指揮，這個時候鍛鍊的是我們的耐心和協同作戰能力。我觀察半天，這路越走越深，所以，大家要有所準備，聽我號令，聽明白沒有？」

「明白。」眾人齊聲道。

「唰，唰！」就在這時，地面上發出一陣急行軍的腳步聲，彷彿一支軍隊壓過來。

「那是什麼？」有人驚叫。

黑漆漆天色下，隱約可以看見，遠處水面上來了一群怪物，黑壓壓一片，成群結隊，腳踩在水面上，只有一點漣漪。

「巨尾蜥蜴，可以用腳在水面上行進，喜歡成群結隊出行，我們也許遇到了會修行的巨尾蜥蜴。」徐明冷靜的說道，這幫人裡，只有他看的書最多，關於天門附近一些有靈力的動物略有所知，沒想到的是一上來就遇到了這麼多巨尾蜥蜴，黑壓壓的大概不下一千條。

「全體都有，聽我命令，黃浦江帶一組向右散開，寧靜帶領一組向左散開，我帶一組正面出擊，大家分三面夾擊，施展出你們的武技，給我勇猛的衝出去，巨尾蜥蜴沒有你們想的那麼可怕。」危急關頭，徐明果斷地說道。

立刻，距離他最近的人留了下來，黃浦江和寧靜各帶一支隊員分散左右。

一條巨大蜥蜴撲過來，帶著一股生猛的力量，張開鋒利的牙齒，直奔徐明脖頸。

徐明毫不猶豫迎了上去，他站在最前排第一個。早就調整好了氣息，內勁十足，拳頭緊握，猛的一拳砸了過去。

「砰！」

一拳砸在蜥蜴的下巴上，那條足有三百斤的大蜥蜴被他一拳打的跌倒在水中，嘴裡濺起一口鮮血，飛出數十顆鋒利的牙齒。

這條蜥蜴是這裡面幾乎最大的一個，即使被砸了一拳，依舊靠著巨大力量把尾巴掃過來，尾巴上的力量被身體的攻擊都要大。

徐明雙臂一擋，將蜥蜴大尾巴擋住，轟的一震，激蕩起數丈高的水浪。

他用身體和蜥蜴來了個對撞，看誰的氣大。

那條蜥蜴被猛烈一撞，轟然倒在水中，水只有三尺深，徐明站在水裡，一手抓住蜥蜴的尾巴，像掄起一隻大錘，猛的砸向身邊的蜥蜴。一個個蜥蜴，只要遇到他的衝擊，打一個，放到一個。冰冷的水浪砰然裡起，徐明殺得爽快，轉眼間，就有五個蜥蜴被他放倒。

眾人面色吃驚，徐明竟然如此厲害，這次他們是第一次見識。

「太誇張了吧，老大，兩招放到一個最猛的！」一旁王嘉明用鐵棍敲了數十下，才放到一個中型蜥蜴。

「班長就是班長啊！」一直對徐明身手有疑惑的林中由衷感歎。

「徐明，快來幫忙啊！」一旁傳來女生的驚叫聲。

回頭一看，原來是秀眉的劍刺不進去蜥蜴厚厚的皮，被蜥蜴尾巴連人帶劍壓在水裡，壓得她幾乎喘不過去來，而那頭蜥蜴嘶吼一聲，揚起脖子就要俯身吃了她。

徐明一個後退，如一條水龍衝過來。

衝到了那頭蜥蜴面前，身子一點水下鵝卵石，飛起一人高。飄然落下，一拳砸在蜥蜴的腦袋上。喀嚓一聲，蜥蜴被一拳打的腦袋垂下來倒在水裡。徐明一伸手，拿過秀眉的劍，一下劃開了蜥蜴胸膛。鮮血唰的湧出來，他劍尖一挑，一伸手，伸進蜥蜴肚子裡，掏出一塊如指甲蓋大小的綠色靈石。

這是蜥蜴用來修練的內核，雖然很小，對人來說能用真氣融化這顆靈石也有著不小的裨益，雖然是一個低等級的蜥蜴靈石。

徐明從蜥蜴身下把秀眉解救出來。

秀眉悽楚的看著他，小女生的委屈溫柔盡在其中，「徐明，謝謝你。」

「這個對你有用。」徐明將靈石放在她手心裡。

「什麼，這麼貴重的東西，你，你自己留著修練吧。」靈石非常難得，每得到一塊都要冒很大風險，尤其是對於新生來說，靈石更是能提升修練內氣的唯一補品。

「秀眉，這算不得什麼，我會有很多，以後你不用為靈石發愁了。」徐明顧不得和她多說話，身子一轉，投入作戰中。幾條蜥蜴又衝殺過來。

強大的巨尾蜥蜴被他放到，越往後越是老弱病殘之輩，一打一大片。漸漸地蜥蜴群的攻擊在減少，水面上越來越清晰起來。

徐明大開殺戒，打死數十隻，每一隻他都毫不客氣擊破內丹，取出靈石，雖然都很小，但加起來也不少了。不出一個時辰，蜥蜴就被他們消滅的差不多了，剩下的都落荒而逃，轉眼間就沒有蹤跡。

「集合！」蜥蜴勢頭大減，徐明立即集合隊伍，作為班長，他必須時刻注意，保持班級的人員穩定，儘量不要出意外。

隊伍重新集結，帶著隊伍繼續往前走，走了沒有多久。

「吼！」只聽山谷一聲嘶吼，彷彿一頭巨獸醒來，大家都能清晰感覺到巨獸離此不遠。

這一聲嘶吼呼出的氣息，都帶著血腥的吃過動物屍體的臭氣。

黃浦江聽了，心裡樂開了花。

傀儡門的花想容果然對他的千年狐皮動了心，這就是要殺戮的暗號。

這巨獸應該是傀儡門馴化的怪獸了，聽說這傢伙一爪有千斤力道，可以輕易將人抓成碎片，而且是個具有活化石般的奇蹟存在。

「班長，前方有怪獸，聽起來，好像只有一隻。」黃浦江急忙上前道。

「黃浦江麻煩你去解決了吧。」徐明一聽，立刻說道。

黃浦江臉色一黑，怎麼也沒有想到班長會安排他去解決。

他的臉上浮現出勉強的笑容：「班長，您是班裡的頭兒，我出面不妥吧。」

「也對，指望你小子，說不定那死亡名額就被你占了。」徐明一笑。

黃浦江緊張的心鬆了一口氣。

「前方有怪獸，我去查看一下就回來，大家原地休息，黃浦江，你負責解決大家的飲水問題，寧靜，你負責找吃的東西，我不回來，你們必須原地待命。」一上岸，徐明立即吩咐道。

「明白，班長，我會辦好的，你就去放心吧。」黃浦江聽了立刻高興的道，看來，殺死徐明的計畫就這麼簡單，甚至，連第二計畫都沒有必要啟動了。啟動第二計畫就是怪獸在失手後，由傀儡門高

卷二十四 危在旦夕

那是一隻劍齒虎。

這隻劍齒虎虎視眈眈，步步緊逼，帶著一股非常大的氣息，將徐明逼得不由退後幾步。

他差一點沒有堅持住這種氣息的襲擊，心念一動，退了兩步，兩步後退被劍齒虎敏銳的看在眼裡，眼神裡的凶光更甚，殺人氣息愈發濃烈。

「吼！」劍齒虎猛然一撲，徐明眼前出現了幻覺，眼見三頭老虎張開血盆大嘴，哪個是真身都很難判斷。

「不好，這傢伙的修為竟然能夠分神幻影。」徐明心裡大驚，分神幻影，是用真氣逼出自己的第二元神，這樣修為只有到了五行師境界才能修練出來，利用自然界的五行元素，將身體幻影重重，沒想到這頭劍齒虎竟然有五行師的修為，相當於李如煙的水平，天門的核心學生，這個劍齒虎到底是什麼來歷！

徐明一時間想拔腿跑掉。

但已經來不及了，三頭虎頭張開血盆大口，將他包圍。

「龍騰虎躍！」徐明情急之下，猛然揮出三拳，這三拳直搗虛空，用內力逼出，渾然天成，如生機大塊，一氣轉鴻鈞。

他忽然想起，自己修練的《恆河沙數》總共有三招，在那神祕老人消失在腦海裡，然後飄來一張紙，上面記載了恆河沙數修練方法，最後學到三種招式，第一招就是龍騰虎躍，第二招是氣象更新，第三招是四時欣欣。

雖然只是三招，但全部靠內力打出，僅僅是第一招，他就很難理解上面是龍騰虎躍，也嘗試過打出一招，但每次只是空有餘力而不見效果。

這次，被劍齒虎襲擊，他不得不再次逼出內氣，將這招龍騰虎躍打了出來。

一股浩蕩拳意厚積薄發，天地之間猶如萬物被喚醒，生機勃勃，一派大有之年，龍騰虎躍的氣象，讓滄海波平，黃河水清，這就是龍騰虎躍的氣象，讓一切和諧，一切有生機，轉眼之間，那三頭虎頭攻勢被他的龍騰虎躍氣象所折服，化為他的氣象，被他收到拳意裡，一股浩瀚氣息被吸收進了他的拳頭裡，劍齒虎的內力猶如一股清泉流淌進來，他的丹田裡急速運轉，吸收了這股奇異的力量。

龍騰虎躍遇強則打出氣象萬千，遇弱則虎虎生風，呼嘯而烈。一拳之下，氣象萬千，整個空間被我掌握，而那幻化的猛虎無法衝擊出這片絕域空間，最後只能幻化成一股清氣被他的拳意籠罩的虛空下吸收，化為幾有。

那隻劍齒虎的真身一下晃出來，降落在地上，虎目圓瞪，非常惱怒，它的真氣幻象竟然被輕易的一拳打出的拳意就給分散。

他伸手一抓，兩隻手抓住了劍齒虎的牙齒。

身體虛空而起，一聲暴喝，竟生生把劍齒虎的牙齒拔斷，簡直是虎口拔牙，不要命的舉動。

趁這個機會，徐明成功上位，手起拳落，狠狠地在劍齒虎腦袋上重重一擊。哢嚓一聲，腦袋被一拳砸中，發出清脆的骨折聲。接著，他虛空一翻，一下騎在劍齒虎後背上。

「轟，轟，轟！」接二連三拳頭落在劍齒虎腦門上。

就在徐明發狂的攻擊劍齒虎時，忽然發現丹田內出現了奇異景象。

一顆灰黑沙粒透亮起來，一粒沙子在內丹裡爆裂，幻出一個世界，一朵蓮花徐徐盛開，蓮花之上，端坐這一個面無表情的佛陀。沙粒的打開，佛陀的出現，讓他的實力一下子暴漲起來。

胳膊上彷彿流進一股鋼筋鐵骨，整個人微微生長了幾許，肌肉變的更加堅實，內氣更加雄厚。只一拳，就把劍齒虎的腦袋打扁了，連反抗也沒有一下，就癱軟在地上。

「我的劍齒虎啊！」這個世界上，有人高興，就有人悲傷。

「嗙嚓！」一聲，花想容腰裡控制劍齒虎的咒符忽然斷裂，成了一片水霧，他藏在密林深處，得到這個消息差點哭暈過去，咒符斷裂，預示著他的劍齒虎死翹翹了。

「徐明，我是不會放過你的。」花想容大手一揮，喝了一聲：「去。」

草叢裡幾個黑影如箭一般射了出去，那是他手下的幾個行屍傀儡，都是用僵屍煉化而成，刀劍不懼，且手上力道巨大，一般人根本就不是對手。

這種行屍傀儡是用死人煉化而成，沒有思想，但卻有招式，作為傀儡門副門主，他可以傳授這些僵屍最厲害的招式，在加上這些僵屍們無所畏懼的勇氣，可以說，三個行屍體傀儡比三個外氣師都厲害。

「這次我派出去三個行屍僵屍，一定將你殺死，三個行屍僵屍，一個內氣師修為的人都不是對手，不要說是新手徐明了，這一次定讓你死無葬身之地，僵屍們才不會給你面子，也許他們會把你四分五裂吃掉。」花想容冷冷笑了一聲，身形淹沒在密林中。

山間漆黑，吹來陣陣涼風，涼風寒氣逼人，彷彿是一把細細刀子刮過身上，臉上生疼生疼的。這鬼地方，我還是快點離開把，黃浦江他們該休息好了，差不多校方規定的路程該走完了。

他隱約感覺到，在深谷最深處，有巨大的氣息存在，他們只是在邊緣，或者說連邊緣都沒有涉及

卷二十五 鐵甲僵屍

一股異樣的味道裡過來，令人作嘔，徐明禁不住捂住了嘴，作為一個學徒的新生，這氣味讓他接受不了，急忙提升內氣，調整呼吸。

眼前出現了三個人，黑人黑甲，連面孔都被罩住了，只露著一對無神的眼睛。

沒有絲毫殺氣，沒有任何戾氣，只是帶來無盡的死亡氣息。三個鐵甲僵屍將他圍在中間。

每個僵屍手中都是一把鋒利的長刀，刀身三尺長，雙手緊握刀柄，刀柄二尺長，這樣的刀，一看就是苗刀。

苗刀攻擊能力非常強大，殺人不眨眼，在軍中縱橫馳騁，苗刀來自一個叫苗州的地方，據說，那裡的人都深諳刀法，並且會用蠱術，殺人不眨眼。眼前的這三個僵屍，難道就是來自苗州？徐明胡亂的猜測著。

「我的手下不死無名之輩，留下你們的名字吧。」徐明冷靜的說道。

三個僵屍默不作聲，亮出了長刀。

「唰！」三個鐵甲僵屍同時出刀，步調一致，刀法一致，在空中旋出一個美麗劍花。三朵劍花，三條刀影，同時罩向徐明，沒有言語，沒有呼吸，一切都是在狂暴中橫奪對方性命。

來勢兇猛，刀法淩厲。徐明被圍困中央，無處可躲，三朵劍花籠罩了一方空間，他即使一下撤離十步，也在劍花籠罩之下，絕對沒有逃脫機會。

徐明赤手空拳，無處藏身。

三條刀影如三條暴龍，帶著狂暴氣息呈三角合圍之勢，齊齊向他砍下。如果這一刀落地，正中徐明，他會被不偏不倚的跺成九塊。

「龍騰虎躍！」

徐明打出這一招後，立刻，變成了如漩渦般氣流，砰砰！在他周圍爆炸開來。轟然響起的爆破聲，將對方刀劍震開，將劍花分裂，將鐵甲僵屍爆的連連後退。身上的鐵甲飛揚，激蕩起層層的碎片，叮零噹啷的直響。

連連暴氣過後，天地之間變得和諧寧靜。

一股浩蕩拳意厚積薄發，天地之間忽然猶如萬物被喚醒，一派生機勃勃，好像春回大地，龍騰虎躍的氣象，徐明刹那明白，這一招龍騰虎躍，就是氣象，一旦出來就要製造出這樣的生機盎然的氣象，誰違背了這種氣象，就會爆發出強烈的爆破攻擊，直到氣象再次出現，這就是這招的不同。

三個鐵甲僵屍身上鎧甲亂飛，露出了恐怖森森的白骨，猙獰的面孔。

「原來是三個僵屍。」徐明大吃一驚。

竟然把僵屍給吸來了，而且是重甲僵屍，一看就是有人操控，專門針對他來的。

立刻回想，從一開始發現虎嘯之後，就有點不對勁兒，黃浦江一個勁兒的催他一人來是怎麼回事兒？

那劍齒虎本來就是古老的動物，怎麼可能生活在深谷這種地方，這種地方絕對不是適合劍齒虎生活的地方。

最後，鐵甲僵屍就是更有力的證明，這些僵屍如果沒有人操控，不會來攻擊他的，也不會出現在深谷的邊緣地帶。

「是傀儡門！」徐明當下想到。

他殺了傀儡門花無病，對方怎麼可能放棄對他的追殺，這裡是將他置於死地是最好的方法。

卷二十六　失敗而歸

被打散了的鐵甲僵屍露出了本來的面目，張開大嘴，呼出一陣惡氣，獠牙深深，長刀揮舞，用一通凌亂的刀術再次壓制徐明，刀術凌亂，但卻亂中有卷法，可以說是訓練的人別有心機，將僵屍的不穩定性和狂亂和這套刀法完美的結合在一起，看似亂，在亂中處處殺機，上中下三盤，每一個地方都有刀光劍影的籠罩。

比之前更加強暴，更加兇殘，一旦僵屍發飆，本來就是沒有命的人，在所不惜，用盡一切手段。剎那間，樹葉狂飛，漫天飛舞，石塊，泥沙狂亂成一道道狂暴的氣龍。整個殺局血腥殘暴。

「龍騰虎躍，再暴！」徐明再次暴起龍騰虎躍的招式。

現在的他可不是和剛才和劍齒虎鬥的境界了，在較量中打開了「恆河一粒沙，一沙一世界」，擁有的力量源源不斷，更本就不在乎再次發飆一次，召喚出龍騰虎躍。

龍騰虎躍再次逆襲，這一次更加猛烈，面對如此血腥殺陣，龍騰虎躍幾拳出來，就是要恢復秩序，還世界一個寧靜，對殺戮殺陣大加懲罰。

接二連三狂暴氣息在殺局中轟開，一時間血肉橫飛，空中飄蕩起僵屍的兵器，胳膊，大腿。然後七零八落的掉在地上。

「徐明，我不會放過你的。」連續召喚幾次，花想容徹底絕望，吐了一口唾沫，跺了跺腳，帶著無比絕望離開了。

這次賠了夫人又折兵，劍齒虎被打死，鐵甲僵屍沒有了消息，連損兩大利器，那千年的狐皮也沒有得到手。

一公里之外，天門幾個新生正在忐忑不安的等待著徐明。

「剛才可以聽到那猛虎嘶吼聲，現在卻毫無動靜，不知道班長會不會有事。」秀眉頗為擔心的說道。

「深谷裡的虎嘯聲，有些詭異，這裡絕對不是虎能生存的地方啊！真是有點蹊蹺哦！」寧靜皺著眉頭道。

「我聽說，只有老虎吃飽了肚子不會叫。班長會不會……」黃浦江有些得意，但不敢把得意的神色完全暴露出來，而是故意設置在問題裡。

寧靜找到了安全的水源，王嘉明找到了能吃的食物，黃浦江也算有點功勞，帶大家來到這個休整的地方很安全，一時半會兒沒有遇到什麼劫難。

這次的深谷歷練，大家各有心得，各有想法。

「我回來了。」一聲清脆的聲音打斷了眾人的思緒。

話音剛落，密林深處，徐明身影一閃，就出現在大家面前，速度快的令人吃驚，這般手法，也只有修練到了外氣師才有吧。

「班長回來了。」秀眉高興立刻站起來，心裡的擔心化為雲朵飄散，不知道怎麼，她的心裡對徐明那份重量比別人多了不少，徐明幾乎成了她關注的對象。冥冥之中，一種說不出的感覺讓她覺得自己有點喜歡上了徐明。

黃浦江的臉色一下子變成綠色，心裡一百個想不通，他怎麼會活著回來？

見徐明回來了，而且還是活蹦亂跳的大活人，一點傷都沒有，黃浦江怎麼也想不明白。前方有什麼他最清楚不過，一隻花想容心愛的劍齒虎，有內氣師修為，一個小小新生只會做它的甜點。即使他過了這一關，接下來還有鐵甲僵屍，花想容親自操控，絕對不會失手。甚至，在安排前花想容就讓他把家裡千年狐皮拿出來給他，信心滿滿，殺一個剛來的新生，他的準備已經過分了。

夜黑，大家看不到黃浦江難看的臉色。

「班，班長，你是怎麼回來的，前方什麼怪物被你嚇跑了？還是你躲開了？」黃浦江結巴著問道，也許是內心足夠的震撼，讓他有點結巴。

「前方有一隻劍齒虎，那傢伙可是活化石，非常厲害，好在我拳頭更硬，把他給打死了。」徐明淡淡道。

一席話驚得眾人吃驚，能把一隻劍齒虎打死，這樣手段非同尋可啊！

「什麼，你能打死一隻老虎，班長，我太崇拜你了。」秀眉笑呵呵看著他，就像在欣賞一件精美藝術品，愛不釋手，怎麼看怎麼順眼。

可惜徐明毫不覺察，他對女孩子送來的溫柔目光，那種帶著閃電接觸的眼神竟然沒有反應。其後，大家集體團結，殺了幾隻修練的白狼，又滅殺了一群吸血蝙蝠。

五公里地方，出現了一個老師等他們。

「恭喜大家順利完成考核，這裡不能再往前。」老師說道，手裡拿著一支令旗，顯然是接大家回來的。

「我們成功了！」大家興奮地叫起來。

徐明目光望向前方，他們所在的位置連深谷門都沒摸著，不過是邊緣地帶而已，那暗黑前方，陣陣殺氣湧現，各種修行怪物縱橫，甚至有些外院修練大能也隱藏其中，只要是強者，面對的不僅僅是危險，更是豐富寶藏。

「徐明，該回去了。」老師拍拍他的肩膀。

說完，手中令旗一展開，變成一面獵獵作響的巨大紅旗，紅旗徐徐而下，落在地上。

這是天門行軍令旗，有靈氣加持，隨著老師手勢，一道氣加持在令旗上，令旗飄然而起，托著眾人從深谷緩緩升空。

李如煙代表天門給大家開了一個會議，宣佈這次成績結果。

「首先我要恭喜甲班的徐明班級，他們班級以優異成績得到了這次歷練第一名，有人可能會有疑惑，他們憑什麼第一，這裡我要強調幾點：一、在班級成員受傷情況下，他們對傷員關愛有加，不讓一個人掉隊，這就是考驗班長能力；二、班級所有人都有集體主義的精神，得到東西也都視為團隊，大家平分；三、徐明擔當大任，打死了幾個厲害怪物，這些都是集體精神的體現。」

「嘩嘩嘩。」大家鼓掌，哪些沒有在甲班學生都投來羨慕的眼光，心道，我要是在徐明班級就好了。

「徐明，我們越來越佩服你了。一開始對你有些誤會，真是對不起了。」乙班班長尹武能和丙班班長段奕宏道。他們一開始是對徐明有些看法，甚至看不起他，一來他出身低微，二來身手一般，但經歷過這次歷練，大家對他的看法改變了。

徐明微微一笑，並不介意，他一開始給人感覺確實沒什麼能耐，不過是一步步走到台前的。

「這次表現最不好的是丁班。丁班班長梅毅表現太過令人失望，在遇到危險時沒有起到帶頭作用，反而帶領大家四散逃跑，直到現在，還有兩個學生因為迷路沒有找到，梅毅本人也遭受蜥蜴群攻擊逃走，直到最後我們才把他找回來，他帶領的團隊，連可以喝的水都找不到。介於此，我們宣佈，勒令梅毅退學，天門將不招收這等學生，不管他之前成績有多麼的驕傲，梅毅所帶的丁班將劃歸到徐明甲班。」

李如煙宣佈消息一出，立刻引起很大轟動。

那個叫梅毅的垂頭喪氣，並沒有表示反對。而丁班同學都很高興，他們也希望找一個強大的老大帶領他們，徐明這樣的老大就是他們嚮往的班級。

接下來會有什麼訓練，天門將會怎麼樣的在他們中間挑選人才，大家心裡都懸著不知道底細。

卷二十七 夜探外院

天門外院，陰森恐怖，但也有狂熱的一面，一些新生獲得了進入外院資格，他們都是以後很有可能來外院學習的人。

在天門，外院和內院競爭其實從新生就開始了，擁有更多生源意味這以後競爭力會更加的大。但似乎外院競爭更有一套。

他們甚至動用了能說會道，善於鼓動的陳大師，外院控魂門的核心弟子。

這次，足足有三十個新生被邀請到外院參觀。

參觀完後，陳大師發表了激情洋溢的演講。

「你們想要吸引所有人的視線嗎？」陳大師高聲問道。

「想。」眾人都是青春期的發育少年，哪個不想出人頭地，吸引人的注意。

「你們想得到心儀的美人或者中意的郎君的喜歡嗎？」

「想。」眾人紛紛大叫。

「你們想要青雲直上，權傾天下嗎？」

「想！」

「你們想腰纏萬貫，富甲一方嗎？」

「想。」眾人大聲叫喚著，只有徐明一個人冷靜站在眾人中間，心思很重，他來外院，不過是想看看外院究竟是一些什麼人在執掌，沒想到這裡情況比他想到的嚴重，眼見的是兩個世界的人。這樣的外院竟然被列為正統，和內院一起並稱天門，得到天下青睞。

「那就來外院吧，外院能給你一切，控魂門能給你想要的一切。」完全不提修練的境界，只是用世俗的眼光來調教眾人。

「也許很多人會對控魂門有些誤解，認為控魂門不適合高高在上的天門，似乎有違背天門正統，是對天門粗暴的侵犯，但是，天州皇帝已經承認控魂門存在，天門外院也有控魂門的一席之地，這都說明，我們的控魂門依然也是正統，不是嗎？」

「是！」眾人高聲大叫。

「陳大師，我們都支持你。」尖銳吼聲讓大家對這個陳大師敬仰萬分，陳大師似乎能實現每個人心中的所想……

「也許很多人認為外院是歪門邪道，請問，它為什麼會被劃歸天門，接受正統？那是因為外院修練方式不一樣，其他的都和內院有何分別？大家接受的都是天道思想，接受的都是為了維護天洲安定而做出犧牲，天洲皇帝對外院都沒有說什麼，有些人陰險無理指責外院修練方式，不過是想排擠外院實力罷了。我陳大師遵守天門清規戒律，我的控魂術天下第一，哪些受過我控制的人都沒有抱怨，別人何必說三道四。」

陳大師呵呵笑道，「我們控魂一門奇才輩出，一定惹的某些人不高興了，當然，在外院來看，沒有一個人和我們控魂門作對，我看很多指責都是來自內院哪些自稱正統的人吧，別忘了，三百年前，如果不是我們外院加入，靠著內院的人能夠抵禦外敵嗎？只怕天洲早已經淪陷。今天我站在天洲最高學府——天門學府和大家探討，這就證明，我們控魂門是被天洲承認的。」

「好，我們都想來外院學習。」一些狂熱學生被陳大師鼓動的熱血沸騰，巴望著要進入外院學習，學好控魂一術，就可以控制別人，甚至把錢袋子都給你，這樣學術真讓人嚮往啊！如果進內院，天天苦練，起五經睡半夜的，沒有一天好過，太枯燥乏味了。

不得不說，很多人都動了心思。

徐明站在人群中，看著這些狂熱分子，心裡不是滋味兒，眼看著，內院的人從來就沒有一個老師過來爭取學生，這一屆的新生看起來被外院能分到七成，其餘的二成進入內院，還有一成是被勸退的，但聽說，有不少勸退的學生最後也被吸納到外院。

不管是控魂門還是傀儡門，都是歸外院院長統一管理，不知道這個院長心裡打的是什麼主意。徐明想不明白。

看著兩派鬥爭如此激烈，他有點擔心天門未來。

「唉！天門也非淨土啊！」徐明歎了一口氣，悄悄走出去，因為裡面學生太過狂熱，他走的時候幾乎沒有人注意到，看到自己班級楊柳也在那裡很激動，他很是無奈，但學什麼是自己的事，他無權干涉。

「也不知道大院長是怎麼想的，容許這樣的人在天門胡作非為，要知道外界對於天門都是崇拜目光，認為這裡是人間天堂，人文精神聖地，誰知道會有如此勾心鬥角，這裡如果不是淨土，那就真的沒有什麼地方是淨土了。」他連連歎氣，走了出去，身穿一身黑衣，一出外院，就感覺到了不同，陰森加恐怖氣息，這和天門正道相差太遠，連氣息都能分別出來。

一個紅色燈籠出現在不遠處，徐明急忙一閃身，躲進樹叢中。

卷二十八　驚天祕聞

漆黑夜裡，一盞紅燈籠忽明忽暗閃動著。

一個木偶機械的提著燈籠，走過徐明的前，藏在不遠處樹叢中的徐明暗自鬆了一口氣，原來是一個提燈木偶而已。

他忽然感覺到氣息不對，他現在修為已經到了內氣師水平，也能感知到氣息的存在。在那個木偶人身後，明顯有一個人。

只是夜色漆黑，加上他穿黑色衣服，屏住氣息，所以一般人很難感知到有人存在，還以為是一個木偶在巡邏呢！

外院機關重重，而且朝令夕改，經常變換位置，只有少數幾個高層知道，所以，有專門的木偶人帶路。

「這個人那裡見過？」徐明從那人背後輪廓和身上氣息，敏銳的感覺到有點熟悉味道。

一時恍然大悟，一定是花想容，外院傀儡門副門主，他和此人有過一面之緣，上次，如果不是李如煙出面，很可能就和他幹上了。怪不得氣息和身影如此熟悉呢！原來是這傢伙，對了，上次那劍齒虎和鐵甲傀儡身上，似乎也和這傢伙一樣的氣息，一定是他加持了內氣，徐明這麼一想，覺得很有可能。

他靈機一動，悄無聲息，屏住呼吸，跟了上去。

這麼晚了，這個副門主級別的人到底要幹什麼。跟隨著傀儡人七拐八拐走了很多彎，終於，在一個月亮門後面，來到了一處亮著燈的屋子裡。

徐明暗道，要不是跟著這傢伙來，自己單獨闖內院肯定是死路一條，不知激發了多少機關暗道了。

那黑影人站在門外，燈光照耀下，徐明躲在月亮門圍牆上，只露腦袋，在樹蔭遮蓋下，清晰看到那個傢伙果然是花想容，一個長著女人面的男人，潔白的皮膚絲滑細膩，徐明感到一陣噁心，不男不女，這傢伙居然也能在眾人仰望的天門混的風生水起，真是世道多變，雞犬升天了。

花想容恭敬地站在門口，而那個木偶人則停止不動，臉上始終是那種詭異微笑，提著燈籠站在門口。

花想容輕輕敲了敲門，從敲門中都能感覺到他那股恭敬的味道。

「進來。」

聲音聽起來，應該是個女人，不過誰又能知道呢！在外院這麼邪意地方，什麼人都有，就像花想容這樣男人，半夜出現在一幫流氓面前都可能遭遇強姦的面容，聲音算得了什麼。

就在花想容推門進去剎那，徐明手指輕彈，一顆手指大小小果實被他彈出去，正好彈射到木偶人臉上，那傢伙依舊面帶邪意笑容，不言不語，徐明放心下來，聽說外院木頭人設計非常獨到，有守衛偶人，有殺手偶人，還有巡視偶人，在就是這種帶路偶人了。不知道他們是怎麼操縱的，這偶人什麼也看不見就能帶路，徐明剛才就是試探，看看這傢伙能不能看見自己，等一下花想容進去，就可以悄悄過去偷聽了。

「誰！」花想容警惕四下張望了一下，深吸一口氣，他鼻子靈敏，意圖要聞到不一樣氣味，徐明早就有準備，好久都在閉氣了，更何況他處在下風口，那傢伙除非有狗一樣鼻子。

「出了什麼事了？」門裡，清脆的女聲道。

「門主，沒什麼事，一顆果實掉在帶路偶人頭上。」花想容還真是細心，他竟然憑藉微弱亮光，找到了打在木頭人上的果實，手裡拿著端詳一下，又看了看頭頂，果然有幾顆迎風招展的樹在搖擺，心裡放心下來。

此人如此心細，徐明都有點不敢過去偷聽了，不過，他聽到花想容叫門主，一定是傀儡門的門主了吧。

這麼晚了，這對狗男女在幹什麼，難道是幽會不成？

門吱呀一聲關上了。

裡面的聲音不是卿卿我我，而是質問的口氣傳來。

「花想容，我不在時你就是怎麼主持傀儡門的？」高聲的質問，讓月亮門外的徐明都能清楚聽得到。

傀儡門的門主？這聲音好像那裡聽到過。

過往的回憶迅疾映入他的腦海裡，可怕的一幕再次浮現：

「風情漸老見春羞，到處芳魂感舊遊；多謝長條似相識，強垂煙穗拂人頭」

歌聲淒涼，迎著陰風，帶著鬼泣，讓聽者毛髮豎立，不能自己。

一隻繡花鞋在他身邊停了下來。

他忘記了呼吸，爬在那裡一動不敢動，盯著那隻繡花鞋，身上在篩糠，渾身的發抖。

「唰！」那隻繡花鞋突然掙破，露出了如狼爪一般恐怖的毛爪，爪子張開，鋒利而猙獰。

徐明一頭冷汗，他從小就對聲音敏感，只要聽過一次就很難忘記，尤其是刻骨銘心的聲音。這個聲音是花月蓉。

徐明一下子都想起來，師父曾經說過殺他的人是花月容。

他想起了花月容樣子，非常恐怖，就像一個盛裝入殮的女屍。

難道，之前僅僅是個化身？

他也明白了，原來自己一直遭受傀儡門算計，肯定和師父有著千絲萬縷的聯繫。

屋子裡聲音繼續，徐明大著膽子，翻過月亮門，悄然潛伏在窗戶下，他不敢舔什麼窗戶紙，那樣十個自己都能被發現，唯一能做的是蹲下偷聽，這已經是極限了，屋子裡坐在的是可是兩個不人不鬼的傢伙，稍微不小心就有可能被發現。

「門主，屬下實在無能，讓傀儡門損失慘重，請求門主責罰。」花想容戰戰兢兢，很有可能花月容就要處死他。

門主和副門主有著很大區別，一般來說，副門主多心機，能協調各處，維護本門利益，說白了，就是替門主服務的。

而門主多是高深的修為人士，很少拋頭露面，一般都在苦心研修，長期隱居。一旦升格為門主，面對的挑戰和修練境界不同，哪有時間處理日常事務，副門修為一般不及門主一半，但卻是一個打理內部事務能手。

「那劍齒虎是本門培養訓練了多年，卻在你的手下命喪西天；還有那鐵甲僵屍，訓練所花的銀兩不止上萬兩，你就這樣替本門管理的？我看不出幾天，傀儡門就傾家蕩產好了。」花月容聲音嚴厲的訓斥道。

「屬下無能，屬下該死，屬下一定會將功補過。」花想容大氣不敢出。

「看你多年忠心耿耿份上，本門就讓你將功補過，下個月初，你在山下去和一個商隊做生意，用傀儡門多年積攢的妖核換取修練用的靈石，你把這件事做好吧。」

花想容一聽，這有何難，就是交換罷了。怎麼叫將功補過呢!?

「妖核來之不易，我不希望妖核流失太多，那是控制傀儡最重要的東西。」門主思慮了一會兒，不得不提醒一下，這個下屬有時候腦子挺笨的。

花想容恍然大悟，眉毛一挑道：「您的意思是交換完後，全部……」後面話沒有了聲音，聽也能聽出來，他肯定做了一個殺人手勢。

「呵呵，傀儡門何時做過賠本的生意，你明白就好。這件事就交給你辦吧。」門主冷哼了一聲道。

「記住，一定要神不知鬼不覺。」那聲音又道。

「山下是桃花鎮，距離天門太近，恐怕不好行事，不過，屬下一定會妥善處理好的。請門主放心好了。」花想容很有信心的道。

「這是商隊的資料，都是閃電大陸的商人，沒什麼高手，你去辦理好了。」

「屬下一定會辦理好的，請門主放心。」

「嗯，但願你不要讓我失望，這種事情都辦不好，就不是傀儡門的人了。」

聽著裡面對話，徐明明白，傀儡門最近有個交易要進行，今天是九月二十，他們要在下個月初，也就是十天後有個交易，用妖核來交換靈石。想必一定是批質量好的靈石，且數目也不少，如果能得到這批靈石，對他修練會大有益處，想著都眼熱，知道這個消息的人不會超過三個人，如果能用辦法把靈石搞到手該多爽啊！正好給傀儡門狠狠一擊，讓他們囂張狂妄，也算是為在地下修練的師父洩憤了。

「我聽說，你要把那個徐明滅了？」這時，耳旁又傳來門主的聲音，質問的花想容渾身一個哆嗦，心裡暗自猜測，連這件事門主都知道了。

「不錯，我們的劍齒虎和鐵甲僵屍都是讓他給毀了，這廝不滅，以後就是禍害。」

「此人不能滅。」門主聲音又響起。

「為什麼？」花想容沒有明白過來，以往他要滅個什麼人，門主是不會在乎的。

徐明耳朵一愣，沒想到會提及自己，花想容要滅他，門主說不能，他也想知道為什麼。

卷二十九　公主之子

躲藏在窗戶下的徐明聽到兩個人談論自己，他本能一愣，這麼神祕的場合，自己居然被提及，真是「榮幸」啊！不知道這兩個傢伙要談他什麼！

花想容本來是要殺他的，而此時門主說不能殺，不知道為什麼。

「門主，您老人家不是說過，此人是燕翔子徒弟，殺了他就是為您洩憤嗎？」花想容不明白問道。按理說，他殺徐明門主應該誇讚這事辦得好才是。

「一開始，我本來也是這麼想的，才派花無病殺徐明，沒想到徐明竟殺了花無病，這讓我很是驚訝，我開始懷疑徐明的身份，因為他沒用劍學門一點功夫能輕易殺花無病，這非常奇怪，這人一定不簡單，不然，燕翔子也不會看上他的，於是，我派人去徐明家鄉中州的小鎮上，找到了徐明父親，得到了一個驚天祕密。」

窗外的徐明都很吃驚，沒想到門主挺有心機，還去了他家鄉打聽消息。不知道能打聽出什麼消息來，他母親早亡，父親娶了個二房，每天嗲聲嗲氣惹他父親疼愛，再加上有了身孕，父親把所有心思都放在小老婆身上，對徐明近乎遺忘，從內心來說，他對那個家沒什麼感情，唯一希望就是父親過好自己的小日子，把飯館經營好就是了。就是這樣一個簡單的百姓家，門主花月容說打聽出一個驚天祕密，不知道這個祕密是什麼？

「驚天的祕密？那個鄉下窮小子會有什麼祕密？」花想容也很奇怪。

「哼哼，你根本就不知道，徐明來歷不凡，他的母親可是閃電大陸的公主。」窗戶外徐明近乎僵直，呼吸有點急促，他怎麼也想不到，本來早已經死去的母親是閃電大陸公主，而父親從就沒有告訴他。

「知道他的修為什麼厲害了吧？因為他的體質不同，他的體質是閃電大陸最正統，最尊貴的皇族血統，這種血統的人內丹一生下來就是精純的，如果加上氣功訓練，很快就會爆發出強大的能量，可以說一個外氣師水平，相當於我們天洲五行氣師水平，雷電招數，招手就來，以他的水平未來達到核心學生沒什麼難度。」

「天門核心學生，李如煙的水平？」花想容一驚，那對他來說是奢望，天門核心學生不過五名，都是歸大院長直屬管理，將來天門領袖就從他們中選拔。而他的奮鬥目標是天門下設的外院下的傀儡門門主，之間差距千里之遙。

「閃電大陸公主？怎麼可能，一個公主會到中州鄉下生了兒子？」花想容想不明白。

「這也是我逼問徐明父親才知道，那個閃電大陸公主某一天來到他的住處，在他那裡住了一年，然後生下了徐明，他說徐明其實並不是他的兒子，因為他和公主從未同房，後來公主走了，什麼也沒有留下，直說等兒子大時回來接他。徐明父親就這樣把這孩子帶大，告訴他母親死了，隱瞞了真相，要不是我發現徐明體質不一般，這可能就是一個永遠的祕密了。」

「閃電大陸和天洲相隔千里，中間有天然魔障，要來天洲，衝破魔障就需要極大修為，不知道那公主為什麼會來到天洲大陸生孩子，一定是閃電大陸發生了什麼。」花想容道。

「閃電大陸深不可測，長年閃電密集，那裡人經受過閃電淬煉，修為高的離奇，根本就不是我們能比，我們這裡聖氣師非常稀罕，天門也只有大院長是聖氣師，而在閃電大陸，聖氣師卻很多。他們要衝破魔障來到天洲非常容易，不過最近幾百年，閃電大陸都是和西方的聖光大陸衝突，也使得天洲大陸太平無事。」花月容心有餘悸道。

窗外徐明震驚的無法用語言表達，他思緒複雜，想找個地方安靜一下，好好理一理頭緒，他的身份忽然間變的連自己都覺得離奇了，頭腦中唯一想的就是不可能，不可能，一定是搞錯了。

「是啊！如果他是閃電大陸公主的兒子，也許就是我們手裡一張王牌，將來我們可以用他來和公主換靈石，那東西在我們天洲貴的要死，在閃電大陸據說一個窮苦老百姓家也能拿出許多，走路都能踢出一塊來，在我們這裡靈石級別不過是些中品的，但在閃電大陸都是上品的。」花想容聽了門主的話，終於明白門主意思了，徐明這傢伙可是個寶貝啊！

「哼哼，靈石算什麼，我有了徐明這個皇族血脈肉體，等到他的修為升到了內氣師，他的體質足夠抵得上萬塊靈石了，我直接把他煉化，他所有的修為和內力都是我的了，我何苦去拿他和公主做什麼交易，那不是自尋死路嗎？你的腦子也不想一想，進水了嗎？」花月容哼哼一聲冷笑，花想容恍然大悟，連連拍手叫好。

「屬下無能，怎麼能知道門主高深意圖，門主智慧屬下領教了，這果然是一個絕好辦法，沒有比這個辦法更好更實際了，門主真是高明啊！」

哈哈哈……

屋子裡傳來兩人得意陰森地笑聲。

窗外，徐明牙關咬的緊緊的，拳頭緊握，想衝進去收拾了兩個敗類。

「想煉化我？該死的花月容，心真夠毒的！等著吧，等到老子晉升到內氣師，你們也未必是對手，我一定會讓你們好看，你們每個人都必須為今天說過的話付出代價。」他悄然的離開了。

知道了這個驚天大祕密，他的心緒起伏，要找個安靜地方好好想一想。

當他離開窗戶下，悄無聲息走到月亮門時。

忽然，門吱呀一聲打開了。

徐明急忙躲進草叢中，借著朦朧燈光，花想容恭敬走了出來，隨他一起出來的是花月容，傀儡門門主。

果然是那個女妖精，一個嫵媚，個子高挑，身材修長，只是眼睛過於狐媚，一眼就看出她內心狠毒。徐明借著燈光，看出來人正是之前殺他師父的那個女子，不過，這個女子後來變成了惡鬼一般模樣，現在想來，不過是她一個化身罷了，這樣女人，修為已經到了五行師水平了吧，借著五行水土，可以用化身來擊殺對手不算稀奇。

「門主留步，門主留步。」花想容感動點頭哈腰的。被門主送出來，待遇可不低，說明門主看重他。

副門主可不是他一個人，一個門主下面有三個副門主，他不過是其中之一，為了競爭門主的位置，他的壓力也蠻大的，修為要提升，還要和其他人競爭。

「記住了，一定要辦的滴水不漏，不然，你這個副門主就到頭了。」花月容笑道，看似笑，其實後果非常嚴重，花月容殺人不留情，更不要說拋棄一個副門主了。

「門主，放心，我一定會辦得漂亮，您就等著拿靈石修練吧。」花想容拍著胸脯，打著包票說道。

「好，我相信你的能力，你走吧。」花月容揮揮手。

「門主好好休息，屬下告退。」花想容低頭再次行禮，謙恭走了。

花月容微笑的望著他，然後，轉過身子，回身走回屋子，門嘎吱一聲關上了，屋子裡一片漆黑，一條妖異綠光在臺階上亮了起來，忽明忽暗，那是花月容設置的防衛警戒線。如果誰在她睡著的時候來侵襲，只怕沒有到門口就被殺掉了。

傀儡人手中的燈籠亮了起來，帶著花想容離開了。

黑暗中，徐明握了握拳頭，心道，等著吧，花月容，你的計畫被我知道，靈石自然歸我所有，我一定讓你這個計畫泡湯。至於那花想容，正好借這個機會除掉，借刀殺人，哼哼！我一定要用到極致，讓你們人財兩空。

「啪嗒！」花想容走路在想著心思，一個東西掉了他都沒有發現，依舊往前走。

一會兒，徐明悄然走過去，一塊玉佩，上面寫著一個令字，想必是傀儡門的權杖了，有了這個東西就可以號令傀儡門弟子。

也許這個東西有用，徐明毫不客氣的收起來。

有傀儡木人引路，徐明順利回到原地。

控魂師課堂上，裡面已經陷入狂亂，該死的控魂師成功控制了眾人，此刻，這幫傢伙正在搞異性派對呢！徐明一踏進門，就發現了空氣裡曖昧的氣氛。

卷三十 差點失身

控魂師的堂口已是一片混亂，大家正在狂熱搞派對，徐明走進來時誰都沒有發覺，人群沸騰，在控魂師指揮下，每個人臉上都散發著紅暈，互相擁抱，表達自己熱情，有些人激情昂揚的在發表自己見解，還有一些男男女女，在昏暗夜色下摟抱一起。

這就是控魂師厲害，隨意動個念頭，說一些激情洋溢的話，這幫傢伙就已經沸騰不已，如果他使出真正的手段，在場每一個都會狂熱不已，甚至為他去殺人。

「楊柳，跟我走。」徐明一把過去拉起自己班級的楊柳往出走。

「徐明，你幹什麼，我還沒有聽夠呢，老師剛講到精彩處。」被徐明拉著，楊柳差點摔了一跤，她剛和一個陌生男生擁抱過，控魂師說要發一種意念讓大家感覺，保證每個人都舒服的像是洗澡。

混亂中，一雙眼睛透過眾人，將徐明狠狠瞪了一眼，那雙眼睛充滿殺氣。

她正等待體驗酣暢的滋味，就被徐明給拉出來。而且，冥冥之中，她看到一雙眼睛的注視，那雙眼睛滿含柔情，彷彿洗滌著她的靈魂，讓她沉醉，任憑那雙眼睛凝視，而那雙眼睛到最後濃烈的散發出一股柔情蜜意，似乎透過她的衣服，將她最完美的胴體都凝視到了，楊柳呼吸有點急促，但卻不想走，她很享受那種被欣賞的感覺。

可惡的徐明把她的美好都給打斷了。

「這不是你待的地方，回去好好看你的書。」徐明沒有理會她的掙扎，硬是把她拉出門外。

「徐明，你雖是班長，但沒有權利干涉我的自由，我喜歡這門課。」楊柳柳眉倒豎，很是生氣。

徐明才不管她生氣不生氣，「我是班長，自然有權管你，等你什麼時候離開我這個班級再說這話也不晚。」

「哼，我不理你了，我要回去。」楊柳一扭身就要走。

徐明把她拉回來，心道，這個控魂師真不簡單，才講個開頭，就吸引的小女孩主動送上門了，如果往深了學習還了得，外院的人沒一個好東西。

「既然這樣那就冒犯了。」徐明一用力，摟著楊柳腰就往外走。

外院大門正對的就是控魂師講堂。隔著十幾米遠路程，走幾步就是大門，這也是外院最好找的地方。

徐明夾著楊柳走出來，門口兩個站崗猛士瞪了他們一眼，認出是來聽課的學生，眼皮也不帶抬一下，揚了揚下巴就讓他們過去了，這些新生，在他們眼裡屁都不算一個，讓他們過去也是今天心情好，心情不好時拿新生開刀是常有的事。

徐明一直把楊柳送到女生宿舍門口，見她依舊不悟，宿舍前一口水井，他打了一桶清涼泉水，把楊柳腦袋按進去，楊柳才有點酒醒後的狀態，完全不知道發生了什麼。

被徐明是怎麼送會來的，在外院有什麼遭遇，她竟然一點想不起來。反而驚訝問徐明為什麼這麼晚了和她在一起。

「等明天你徹底清醒了我告訴你。」徐明懶的和她說下去，送到女生宿舍門口也放心了，楊柳這朵花沒有被人採去，護花使者任務也算完成，打了幾個哈欠回去睡覺。明天又是一場艱苦訓練啊！

剛走出女生宿舍，黑暗中傳來一聲冷笑。

「小子，當護花使者感覺不錯嘛！」

一股無形的量將他包圍，徐明感覺到一股奇異力量要鑽進他的頭腦。

「你是什麼人？」他感覺頭痛欲裂，一股力量闖進他的神識中，那股氣流將他包圍。這是什麼奇怪的功法，一定是外院的人！

「小子，你搶走了我的女人，我豈能饒你。」黑暗中，走出一個身穿黑袍的人，漆黑夜色中，兩雙眸子閃耀，彷彿懸在空中的兩隻眼睛，其他的什麼都看不見。

徐明勉強睜開眼睛，頭痛讓他有一種難以名狀的痛苦，那股力量彷彿搜住了他的靈魂，不管他用什麼方法都都無濟於事。

「陳大師？」他吃了一驚，殺他的人竟然是陳大師，那控魂門的優秀人才，此時一臉的陰險表情，沒有半點大師風采。

「哼哼，就讓你死個明白。」陳大師從黑暗中走出來，左手呈爪狀，托在胸口上，掌中散發出淡淡的白氣，正是那股白氣搜住了徐明，讓他痛不欲生。

也不知道這傢伙修練哪門功法，只靠一股白氣就能讓人死都不能，聽從他的安排。

「那楊柳長的眉清目秀，皮膚白皙，從未有過男人對她染指，我本早就注意她，要把她納為弟子，不想你小子竟然壞了我好事，我豈能饒你。」陳大師一出現就滿口對女人的慾望，一點也沒有大師風采。

「你開什麼玩笑，楊柳才十五歲，正是青春妙齡的季節，她還是剛來的新生，你算什麼東西，一個陰險老傢伙，你的年齡給她當爹都老。」徐明冷冷地說。

「小子，你是在侮辱我？好大的膽子，敢和控魂門的人過不去嗎？我要你做我的跟班是非常容易，到時候，我就和李如煙說，你願意加入我控魂門，從今往後，你就再也沒有自己的意志，唯我的意志生存，你看如何。」陳大師冷笑一聲，這小子不知道天高地厚，我要你為此付出代價。

「哼，我早就看出你人面獸心，你這個偽大師，豬狗不如，天門敗類。」徐明大罵起來。

「快死的人，還敢如此囂張。」陳大師臉一黑。

手中白煙猛一收，喝道：「神魂牽引，破！」

霎那間，白煙化作一個惡魔出現，張開大口一吸，手中明晃晃斧頭，徐明猛的揪心疼痛。那惡魔只是一吸，就把他的靈魂給吸了出來。同時，手中斧頭一下就砍過來，意圖砍裂神魂，然後進駐到他的神魂中去，再讓神魂回歸本位，徐明醒來後就會成為一具傀儡，所有的思想都被陳大師掌控。

「小小年紀，竟然敢和我搶女人，這就是下場。」

「什麼破天門，老師都和學生搶女朋友了……」徐明苦笑一聲，無言以對。他對天門現在這個局面實感失望，如果有一天自己強大起來，一定好好清理門戶，把外院這幫邪異之徒清理出去。

「唰！」就見斧頭砍下，一道白光冒出。

卷三十一 閃電出擊

就在陳大師志在必得，一個可以操縱靈魂即將誕生，他嘴角泛起笑意，手掌一揮，「給我收！」惡魔張口，斧頭砍下，眼看著就要破了徐明靈魂，加入自己神識。

忽然，一道閃電光芒從徐明神魂中直射出來，隱約中一個人飄然而現。

「啊！」陳大師驚叫了一聲，只見閃電強光穿透了他召喚出惡魔，洞穿陳大師掌心，整個手掌頓時化為烏有，光禿禿像被生生砍去，胸部以上焦黑一片，被閃電擊中一般。

這手掌是專門用來召喚惡魔修練出來的，作為控魂師，所有精華都凝結修練在手掌上，一下子被砍掉，簡直是等於廢了他一生修為。

「那是什麼？神魂印記？」陳大師驚叫跌倒在地，依舊對剛才一幕清晰可見，就在他要裂開徐明神魂進駐時，突然從徐明神魂裡跳出一個人，那個人似有似無近乎透明，可以看得出來，他是寄居在徐明身體中，絕對不是控制徐明神魂，形體殘破，氣息微弱，似乎經歷過大劫沒有恢復形態，饒是這般，一道閃電打過來，在那透明人身上發出輕而易舉。

這人究竟是什麼人？竟然寄居在徐明身體裡？如果有一天讓那個小人修成大能那還了得？抱著殘破胳膊，陳大師滿腦門疑惑，被閃電擊中滋味可不好受，他坐在地上，凝神閉氣，點了胳膊上的幾個穴位，開始調理。

徐明在疼痛中清醒過來。白霧不見了，靈魂又回到體內，可謂驚險異常，經歷一場鬼門關。原來自己神魂和肉體長一模一樣，不過是呈氣體狀結構，徐明算是開了眼見，見識了一下自己魂魄。活動了一下身體，感覺靈活自如，什麼也沒有發生一般。

天色濛濛亮。周圍的氣息陰冷中帶著幾分邪氣，這是光明和黑暗最後鬥爭的時候，黑暗退去，邪惡也跟隨著消失，光明註定要降臨人間。

轉眼，看到陰險的陳大師坐在那裡調理氣息，一臉狼狽樣。

「陳大師，我這就送你去西天。」徐明擦了擦嘴角的血跡，因為太過疼痛，他的牙齒都咬的出血。好在匆忙中塞根木頭，不然，連舌頭都咬碎了，還是修為不夠啊，對付外院的人，今後一定要把神識修練好了，不輕易被惡魔擊中牽引。

「徐明，你不要亂來，我有話對你說。」眼見徐明走過來，坐在那裡的陳大師伸出一隻手說。他控魂手廢了，要轉移到右手需要多年修練，這時，和普通人沒什麼兩樣。加之他對武學棍棒之術不屑一顧，身體柔弱，如果徐明要來幹架，他未必是對手。

「你還有什麼話說，你這個卑鄙小人。」徐明冷笑。

「我知道你神魂裡有一個強人入駐，我可以給你靈石，讓你強大起來，也許和那個人可以溝通的上，你知道他是什麼人，來自哪裡嗎？」

「不知道。不過，你又是如何知道的？」徐明停下了腳步。

「說實話我也不知道，不過，我敢斷定，那股奇異力量，絕對不是這世界能有，也許來自外面閃電大陸的高人。我給你靈石，你強大了就可以和他溝通了，你放過我吧。」陳大師乞求道。

從自己的懷裡摸出一塊雞蛋大小的靈石，泛著青色的芒。

「這是上好的上品靈石，你修練一定管用。」說完扔給了徐明。

「想用靈石買通我，休想。」拿過靈石，徐明揣了起來。經過陳大師一番講解，他已經明白怎麼回事了，一定是寄居在他體內的小人出手相助，幫他滅了陳大師控魂手段，想想也是，自己體內已經有一道聖光般的小人寄居，他怎麼會輕易讓別人染指，這時一定會出手相助，斬殺來者，他傳授徐明功法，就是為徐明能提升實力，保護好他這個微弱的形體存在。絕對不是為了控制徐明，兩人只是在互相幫助。

「小子，你不要過分，我只是受傷了，你如果來硬的，未必是我對手，我依然可以用控魂門其他手段控制你。我勸你見好就收，我們之間就算什麼也沒有發生。」

「什麼也沒有發生，可能嗎？留著你繼續禍害女生嗎？」徐明冷笑道。他是不會放過陳大師了，既然已經知道了他的祕密，那麼，不管什麼好處，都是死路一條。

「那女生歸你了，從此以後我絕不會染指。怎麼樣，夠可以了吧，我堂堂陳大師說話是算話的，又給了你這這麼好一顆靈石，簡直是出門一腳踢出一塊金子的好事，假如你要打架，未必是我的對手，我只是不想和你計較。」陳大師有些後悔自己衝動，拿出來直接就給了他，留在自己手裡做誘餌多好，可惜的是，他再沒有一塊像樣靈石了。

「陳大師，你覺得可以活下去嗎？」

「徐明，從今以後我們就是好朋友，你的祕密我是絕對不會說出去的，我可以對天發誓。」陳大師信誓旦旦道。

「我從來天門第一天起，就有人告訴我，這裡是弱肉強食的世界，誰都不能相信，唯有實力才是最好的證明，除此之外，都是虛幻，你的誓言對我來說狗屁不是。」

「徐明，殺了我你有什麼好處，我的身後是外院控魂門，你殺了我，控魂門會放過你嗎？」陳大師冷笑道。

「哈哈，笑話，我殺了你就是殺了，你陳大師，堂堂控魂門奇才，這麼會死在我一個新生手裡，說出去誰都不相信的。」

「你，我的靈魂也不會放過你……」陳大師怒目雙睜。

「去死吧！」

徐明猛打出一拳。

一拳擊出，四周罡氣呼嘯，周圍一片寧靜，在寧靜之中蘊含著劇烈的力量。而四周全部被一層罡氣包圍，以至於裡面爆裂，砰然之聲，外面卻都聽不到，不然，這麼猛烈襲擊，相互打鬥，早就讓人發現了。這可是女生宿舍啊！

「徐明……你這個混蛋……」陳大師罵了最後一句，算是記住徐明名字。砰的一拳，擊中了陳大師脖頸，這樣一拳陳大師根本沒有實力招架，直接小命嗚呼，整個人癱軟的躺在了地上。

「記住我的名字，下地獄去吧，我等著你來。」徐明冷冷的說。

殺了陳大師，徐明想這這次禍惹大了，一定要找個替罪羊才是。

想了想，他嘴角一咧，有了主意。

「噼嚓！」一聲，控魂門一個水晶狀小人爆裂，變成碎屑落在地上。

「什麼？陳發才死了！」面對這水晶小人突然爆裂，正在早課修練的控魂門門主廖險威大吃一驚。

在控魂門，只要是進了控魂門精英學生行列，每個人都有個水晶小人，水晶小人裡是弟子們留下的一絲神識殘留，一旦出了問題，神識就會告訴控魂門，自己位置在那裡，出了什麼事，甚至強大的神識留存都可以告訴仇人姓名，更強大的如門主，會將遭遇重播一遍，讓門中的人快去急救。

而陳發才水晶小人卻有些奇怪，竟然無聲無息爆裂，說明他的神識還沒有溜走一絲，就被對方滅殺。連死在那裡都不知道，更不要說兇手是誰了。

這是誰有這麼強大的手法，能讓控魂門精英學生連一絲殘留神魂都不會回來。

控魂門的門主廖險威看著這尊破碎的晶體，徹底被震撼，良久無言。

時間一分一秒過去，廖險威陷入了沉思。他在想著是誰對自己門人下手，什麼人會有這麼強大手法，對方是奔著什麼目的來的，做門主，什麼都得想仔細了。

「門主，不好了，大師兄死了。」這時，一個下階學生跑過來神情慌忙說。

下階學生，就是外院剛進來的學生，脫離了新生的培訓，從一名新生順利晉級，就是門中的下階學生，中間還有中階學生，上階學生，精英學生幾個階層，每一個階層都需要靠實力來證明自己。很多人一輩子都是下階學生，一旦晉級不成，學生也當不好，要在門中從事一些雜役的事務。

「在那裡發現的？」廖險威面色冷靜的問道，他已經知道了陳發才死訊，所以，這個消息對他來說一點也不吃驚了，吃驚的是事發地點，這才是他關心的，究竟是什麼高人要了陳發才的命。

「在，在……」那個下階學生有些不好意思說下去。

「快說，有什麼不能說的。不管死在那裡我們都要去討個理由。」廖險威陰森森的說道，他是不會放過每一個嫌疑人的。

「死在了今年來的新生，女，女生宿舍門口。」學生如實道。

廖險威眉毛一挑，愣了一下：「什麼，死在了女生宿舍門口？」這有點出乎他的意外，女生宿舍似乎是得手地方的代名詞，怎麼會是死亡之地。

「是，死的時候衣不遮體，還，還被人砍了手。現在，學府的執法長老都過去了，他們就等著您去呢！」

「過去看看。」廖險威皺著眉頭，大袍一揮，飄然而去，身後那個下階學生一路跑著都趕不上他的腳步。

卷三十二　栽贓陷害

「這是外院控魂門的陳大師，昨天還給我們講課呢，他的課講的生動，要金錢要美女都不在話下，只要加入控魂門，要什麼有什麼，今天這麼就死了？還死在女生宿舍門口。」

「你看他衣不遮體，一定是要和誰發生點關係吧，不然怎麼會連褲子都脫了，在交媾中被殺？」

「會是被誰殺呢？陳大師控魂手段可是很高明的。」

「是啊，肯定不會是被他施暴的女生吧。」

「對了，是哪個女生遭到他強暴了，場面淩亂夠可以的。」

等到廖險威來到現場時，現場周圍被嚴嚴實實的圍了一圈，眾人七嘴八舌議論著，兩個天門的執法長老也來了，一個是內院的長老；一個是外院的長老，內院的身穿一身白衣，面色肅穆；外院的長老一身黑衣，長著鷹鉤鼻，心事重重。

徐明也在其中，他想聽聽長老們怎麼判斷。

「讓一讓，讓一讓。」老遠，控魂門的那下階學生嚷開了，可是誰都沒有理會他。

而廖險威更是過分，直接橫衝直撞走進來，裡三層外三層人群被他推倒一地，眾人正要罵罵咧咧，見是走過來一個兇神惡煞，臉上刻著詭異人面圖案，一聲黑氣籠罩身上足夠使人躲避三尺。

「廖門主，你可算來了，這到底怎麼回事兒？我需要你的理由。」內院的白衣長老質問道。

「廖兄，別來無恙啊，哈哈。這件事我看絕對不是大家想的樣子，很多人都說是陳發才誘騙小姑娘以至被殺，我看根本就不是這個道理，不知道廖兄怎麼看。」那個來自外院的執法長老，一看就是偏袒自己人，說話都不像執法長老說的話，明顯是諂媚，也不知道廖門主給過他什麼好處。

「你們都不要打擾我。」廖険威一走進來，面對兩個執法長老，不理不睬，自己蹲下身耐心細緻查看起來。

他看的很仔細，翻看了陳發才身子，對那個被一拳擊斃腦門的拳法研究半天，然後，又端詳起陳發才手臂，胳膊，胸部。看了半天，大袖一揮，背過手對兩個長老道：「本門已經查清楚了，我徒弟是被人殺害，而且這個高手是你們內院的人。」

「什麼，內院的人殺了陳大師？歐陽長老，你們內院的人究竟要幹什麼，大家都是同門人，何必相煎太急，現在搞的都要殺人了。」一聽是內院人所為，黑衣長老立馬質問起白衣長老來。

「我看未必，若是內院人所為，我看不出來師從何處，這個人殺人手法特別，而且，連神魂都被擊破，我聽說控魂門的人都有自己神識靈位，一旦出事，第一時間知道是誰，如果是內院的人，那神識靈位一定會有說明，既然是內院的人所殺，請廖掌門指出是誰吧！本長老好主持公道。」白衣長老坦然道，他從各方面推測，都把內院人排除在外。

「這個……」廖険威一時無語，眾所周知，他控魂門有這個手段，他現在卻拿不出來，一定是別有苦衷。

「對啊，廖兄，你有神識靈位，一查就知道是誰幹的了，你不要有所顧忌，只要你說出是誰幹的，我絕不會姑息，不管他是什麼地位，我們天門執法長老一定會秉公辦事，追究他的責任。」黑衣長老支持廖險威，說話都很偏袒。

「實不相瞞，神識靈位破碎了，竟然連神識殘留都被震碎，我徒弟死時什麼口風都沒有帶回來。」

「呵呵，在我的印象中，天門弟子誰都沒有這個手段阻止靈魂殘識回去報信，能殺陳發才人很多，但能殺了不讓他靈魂報信的人則少之又少。」白衣長老摸著鬍鬚一笑，這樣一來，直接就把內院的責任推脫掉了，他們外院無話可說。

「哼哼，說不定用了個什麼方法遮罩了，也不是沒有可能，內院的人，我看也有些人能辦得到，比如那些晉升到五行師人，他們就可以利用五行元素巧妙掩蓋資訊。」黑衣長老不服氣的說道。

「晉升為五行師的人屈指可數，目前除了李如煙，他們都不在門中去異域修練，所以，你的這個說法也是站不住腳的。」白衣長老繼續道。

「那歐陽長老，你說會是誰幹的，老朽倒是要請教一下。」廖險威不悅，這老傢伙，就是讓內院人撇開這場是非。他卻非要拉內院進來，攪渾這場局面，反正徒弟死不能白死，總有個墊背的吧，讓內院人墊背再好不過。

「你徒弟的死明顯是外院的人幹的，這都不承認，我們怎麼抓兇手。」白衣長老臉色一凜道。

「什麼？外院人幹的，自相殘殺啊！是誰對控魂門看不慣？」所有的人都被歐陽長老的話驚呆了。

「歐陽長老，說這話是要證據的，沒有證據是挑撥離間，你可要承擔責任的。」廖險威冷笑道。

「歐陽，你我都是執法長老，深知執法公平性，你不能看不慣外院就血口噴人吧。」黑衣長老也道。

「這下有戲看了！」學生們都在一旁議論起來，饒有興趣，原來內院和外院人互相掐的這麼厲害。都到了誰都看不起誰的地步，那下一步，就是誰也不服氣誰了，註定要有一場內亂了！

徐明雙手抱胸，站在人群中，也很有興趣的看著這場爭鬥。心裡很是高興，看的出來，他用的妙計生效了，那個嫁禍於人的想法，留下了一點證據，被歐陽長老發現，並巧妙利用起來，直指外院。

「我當然有證據。」歐陽長老手中舉起了一個黑呼呼東西。

「你們看，這就是證據。」

「這是什麼？」眾人都被那焦黑東西吸引住了。

廖險威看了以後，臉色一變，倒吸一口冷氣。

那黑衣長老看過以後，臉色一沉，也沒有說什麼。

顯然，大家都看懂了，那東西是什麼。

「這個東西雖然已經被毀壞，但是也可以分辨出來，這是你們外院的，如果我猜的不錯，這應該是傀儡門的權杖吧。傀儡門對弟子發號施令，都用這種東西，怎麼會蹊蹺的出現在殺人現場，這值得大家深思啊！」

「什麼，傀儡門權杖，這到底是怎麼回事兒？」

「同門之間自相殘殺？」

「怎麼會發生在女生宿舍？」

「為了爭奪女人？」

眾人再次七嘴八舌議論起來。

只有徐明心裡高興，傀儡門，這個麻煩就送給你們解決吧。

廖險威臉色顯然緩和了許多，沉聲道：「歐陽長老意思是，是傀儡門的弟子殺了我的徒弟？」

歐陽長老搖頭，「我可沒有這麼說，但現場有此證據留下，足以證明傀儡門弟子是參與或者知情的。這樣的話，可以推測的事情就多了，也許正如那位同學所說，他們為了爭奪女人而打了起來，結果你的徒弟不幸而亡，還有一種可能就是你徒弟欺負女同學，傀儡門的人看不慣，自然要出手，結果了他也未可知。」

「不可能，別忘記了，我的徒弟死的時候連一絲氣息都沒有傳回來。」廖險威連連搖頭。

「這就對了，只有傀儡門的人才有這個能力，因為他們太瞭解死人是怎麼回事了，而你們只不過是控魂，他們連死人都能控制。」歐陽長老呵呵一笑。

意思在明白不過，但要指認兇手，還需要證據，他講的都是推測。

「他媽的，我這就找傀儡門去。」廖險威一跺腳離開了，直奔傀儡門而去。

「廖兄，凡事多考慮啊！」那黑衣長老一臉無奈。只好勸告道，他也沒有想到會發生這樣的情況，傀儡門竟然出手和控魂門幹上了，到底是為了什麼呢？

「大家都散了吧，該幹什麼幹什麼去。」歐陽長老揮揮手，將眾人遣散了。

大家都三三兩兩的離開了。徐明不聲不響的走了。這裡已經沒他什麼事情了，誰也不會把這件事懷疑到他的頭上去，這件事說到底就是個無頭案。讓那幫人抓狂去吧。傀儡門被他陷害了，不知道他們內部怎麼鬥呢！

他樂呵呵的去上課去了。

下月初就是傀儡門和閃電大陸靈石商隊交易的日子，扳著指頭數數不過是十天時間。徐明想著怎麼樣才能把靈石搞到手，那可是一筆價值不菲的靈石啊，搞到哪些靈石，他才有修練的本錢，現在的他手裡不過是一些零碎的靈石，再加上從陳大師身上搜刮來的雞蛋大小的靈石，還不夠他修練幾天的。

再說，他還是個新生，對修練靈石一竅不通，不知道如何修練靈石，還需要請教別人才是。他琢磨了半天，覺得唯有請教傳授他劍學的張老師是個辦法。

此外，他還打了個小主意，打劫靈石讓張老師也參與一把，沒有張老師的參與，打劫起來也不會那麼順利。

之所以想和張老師一起搭檔，是因為張老師人挺好的，最關鍵的是他竟然連自己的名字叫什麼都記不得了。呵呵，這樣的人參與打劫估計也很快就忘記了……

為了實現這個不能告人的祕密，徐明來到張老師家裡。

傳授劍學的張老師依舊是那個樣子，每週來傳授他們一些劍術套路和基本功法。

然後就是宅著，潛心研究劍法。

他很少出門，也很少提出別的條件，也不參加內院的活動，大家幾乎都把他忘記了。

按理說，他已是內院劍學門的精英學生，可以享受很多優惠待遇，比如有自己單獨修練的房間，有給他打理生活的雜役學生，教授新生還有助教幫忙，告訴他該講什麼了，課程怎麼安排不和他的修練衝突等等，以他的待遇這些都應該有。

但張老師什麼都沒有，只有在山腳下一處獨門獨院的破草房。吃飯隨便吃，有時候沒有飯吃，到新生食堂吃飯。他就是這麼一個人，一個連自己的名字都忘記的人。

徐明來的時候，遇到了可愛的牧羊女，一個十三歲的女孩，經常在山上放羊，她也是這裡的常客，一來二去大家都熟悉了。

「徐明哥，今天沒有課啊？」牧羊女一見是他，臉上露出了羞澀的微笑，不知道怎麼見了他就有一種砰然心動的感覺呢。

「今天上半天課，過來和老師討教一下，對了，你放羊的時候當心蛇啊，最近蛇挺多的。」徐明很關切的望著他。

「知道啦，我會小心的。呵呵。」牧羊女高興一蹦一跳走了。

「徐明哥，有空到我家玩啊！」臨走時還不忘囑咐一聲。

「好，有時間一定去。」

張老師正在太陽底下沉思，一縷長髮耷拉下來，遮蓋住了他的眼睛。太陽暖洋洋的照在他的身上，他穿了件破舊發白的袍子，袍子上磨出了幾個洞也懶得去補，懷裡抱著一把劍，懶洋洋的陷入了昏睡的境地。

「張老師，我來看您了。」徐明走過去大聲道。

只可惜張老師連眼睛都沒有睜開一下，繼續在太陽下閉著眼睛，一點也沒有苦思冥想修練劍法，悟道最高境界的意思，反而和一個鄉下農民吃飽飯，一臉滿足小富即安的心態極為相似。

「是你啊！」過了好一會兒，徐明坐在他身邊也快要睡著時張老師醒了。

「對了，你叫什麼名字？」張老師撓撓頭問道。

徐明鬱悶的快要死了，才認識不到十天吧，他竟然連自己名字忘記的一乾二淨。

「張老師，我叫徐明，對了，您的名字您想起來了嗎？」徐明大聲說道。

張老師咳嗽了一聲，「我不是聾子，你不必大聲。」

「我是擔心你還在睡夢中。」徐明無奈道。

「對了，你是叫徐明，和我討教過劍法，我好想記得你什麼都不會。」張老師撓了撓頭說道。

「哼，那是過去，現在的我可是什麼都會了，不信試試？」徐明挺了挺胸膛。

「哦，當然可以，我想看看你有什麼進步。」張老師很認真的說。

「那我可就動手了。」徐明站在那裡，一臉自信，他現在力量今非昔比，一定要讓張老師目瞪口呆的。

「不過是些三腳貓的功夫，就不要顯擺了，等下我指點你，只要你認真學，我這裡不會為難你的。」張老師不以為然的說道。

「那你就試試看。」徐明忽然出拳。

卷三十三　比試一下

「龍騰虎躍！」徐明大喝一聲，一拳打出來。

頓時，周圍封絕一片虛空，張老師感覺到一股氣流漣漪迎面襲來，讓他呼吸都困難，那是一種非常有重量的壓力，濃的化不開的力道貫穿其中。

如果是一般修為的人，拔劍都有點困難，因為劍在這一方空間裡變得沉重起來。

「唰！」張老師一劍氣貫長虹。

「花開遍野。」

一劍下去，周圍滿是劍花，多多如白蓮，盛開在地上，天空上，眼花繚亂，絡繹不絕。

「砰砰！」劍花和周圍的空氣一接觸，紛紛炸開，破了徐明的這招龍騰虎躍。

徐明大吃一驚，這是他學會這一招，屢試不爽後第一次遭遇到強大對手，竟然一招給他破了。

「不錯，真的不錯。」張老師長一口氣，看得出來，這一招破的他驚心動魄。

「小子，我想起來了，上次你找我時什麼都不會，這次已經是一個外氣師境界，晉升得夠快的啊！如果不是我用內力挑出劍花，破了你的氣勢，這一招太威猛了。」

「這一招龍騰虎嘯，打出來就是生機勃勃，創造一方淨土，凡是和他對抗的東西都會碎裂，不過，這次我輸了，被老師一劍破陣，空間碎裂，手頭力道一下子喪失了感覺。」徐明心有餘悸，張老師果然是高手，別看他平日懶洋洋的，沒想到劍法如此精純。

「這一招看似平淡，但蘊含內力相當生猛，沒有用氣是不可能辦到的，如果這一拳用氣來打，我看不要封絕空間，一拳下去，石塊崩裂，樹木貫穿，這麼厲害的功力，平常人就是修練十年二十年也辦不到啊！」張老師由衷歎道。

「你是怎麼學到的如此神功？」轉而，他吃驚的問，這樣的功力見所未見，不應該是這片大陸修為，真不知道是哪裡修練祕訣了。

「哈哈，這個以後再談，張老師，今天我找你不是比試的，是有事商量。」徐明笑著又開了話題，關於自己神奇經歷，他還不能告訴張老師。

「你找我商量什麼事情，難道你去見院長給我申請研究劍學的經費去了。」

「額，這個還沒有，我聽說院長不在內院，出去修練好幾年了吧，改天我去見大院長給你求經費去。」徐明嘿嘿笑道。大院長統管天門內院和外院，凌駕與兩個院長之上。

「呵呵，你小子不要騙我了，大院長我都沒有見過。」

「什麼，你，你來這麼多年都沒有見過大院長，這太低調，太宅了吧，張老師，你應該出去走動走動了。」他意在勸說張老師出去轉轉。

「大院長豈能是你我見到的，他早就修成了聖氣師的境界，脫胎換骨，出門游離，尋仙悟道，多年沒有回來了。」

張老師苦笑道，徐明說是要見大院長談自己的事，完全是哄他開心罷了。他倒是不介意這小子一番好意，也許這小子真有這個膽量去見大院長，這傢伙是個有主意的人。和他不一樣，他是什麼都無所謂的那種人。因為無所謂，別人對他也就無所謂了。久而久之，他就像脫離了眾人視線，其實多年來，他還是生活在大家的眼皮底下，結果，搞得和大院長一般神祕了。

「原來大院長這麼難見，怪不得……」徐明終於想明白內院和外院為什麼鬥的激烈，因為沒有大院長管他們，而大院長指定的管理者，因為沒有足夠權威，也管不了這些事。這就導致內院和外院鬥下去了，不過，他也發覺，似乎內院勢頭並不如外院囂張，即使鬥也保持著低調，而外院就不同，喧鬧著似乎要把內院逐出天門的念頭。

「所以，你這個牛皮吹大了，哈哈。」張老師哈哈笑道，像個天真的孩子。

「大家都是凡人嘛，吹個牛再所難免的。」徐明自圓其說。

「凡人？」突然，張老師一拍腦門，高興地叫起來，「我想起來我叫什麼名字了。」

「天啊！這還值得激動？不過有個名字總歸是值得高興的。」徐明無動於衷。

「我叫張一凡，一凡是我父親給我取的名字，希望我是天下一個凡人。你剛才說的那句提醒了我。」張一凡興奮說道。

「還好，是凡人，不是煩人，你父親起對了。張老師遠離喧囂，一點也不煩人。」徐明笑道。

「從今以後你就不用叫我張老師了，叫我張一凡，不然我擔心哪天又把名字忘記了。」

「好，那我就叫你一凡吧！一凡兄，如何？」徐明微笑道。

「好，就叫一凡兄，我很喜歡做你的兄長。」張一凡從老師級別降格到了兄長，還挺高興的，一點也不以為然。

「一凡兄修為已經是外氣師水平了吧？再加上嫻熟的神鬼劍法，只怕鬼神見了都要發愁的。」徐明不失時機的道。

「讓你見笑了，只是我的修為已經到極限，提升門道無法找到，目前我潛心研究劍學，期望從中找到提升的方法。」張一凡歎道。

「你知道嗎，其實提升方法有很多種，但有一種比較直接，你從來沒有用過罷了。」徐明趁機說道。

他來時就盤算著要張一凡和他下山，再則，張一凡是他的老師，用老師名義下山再好不過，他一個新生是沒有機會下山的。

張一凡眼睛一亮，看著徐明，「說說。」

徐明咳嗽了一聲，故弄玄虛起來：「比如我吧，你看我前段時間都什麼也不是，為什麼提升的這麼快呢，我認為只有一個方法，歷練，在實戰中才能提升，如果靠自己頓悟，遠沒有實戰體會的那麼深刻，不知道我說的對不對？」

「唔，有些道理，我好像很多年沒有實戰歷練過了？不如我們一起去域外深谷探險，進入那不毛之地，尋找強大怪物，奪取他們靈核，提升自己？」張一凡若有所思。

「拉倒吧，一凡兄，那深谷之地早就被外院的那幫人收刮光了，那還有什麼強大的生靈，我倒是有一個辦法。」

「什麼辦法，說說看？」張一凡望著徐明，心裡挺佩服這個傢伙的，人會說話，機靈，比自己的愚鈍不知道要強多少倍，不過一個人有一個人的活法，他就喜歡宅著。

「下山修練，尋找對手。」徐明道。

「下山？這不太好吧，你怎麼知道山下就有對手？」張一凡搖搖頭，不太同意徐明的這個觀點，下山是可以，但這裡可是天門，山下會有比天門更強大的對手存在嗎？他不相信。

「據我所知，本月初有一支閃電大陸商隊要經過山下的小鎮，如果能和他們較量一番，那是最好不過的了。」

「閃電大陸的商隊？那裡面高手可不少啊，聽說有五行師修為的人隨同，根本就沒有人敢打他們的主意。」張一凡聽罷道。

「你小子是怎麼知道的？」他奇怪的道。

「嘿嘿，這個就是保密了，我身為班長，消息管道自然多，老師放心好了，消息絕對沒錯。」

「好，多謝你的消息，我一定會找其中高手挑戰一番的。」張一凡信心滿滿的道，和高手對決他充滿了鬥志。對方身手越高越能歷練自己，反正又不是搶劫商隊，總不至於出人命吧！

「可是他們如果不和你較量怎麼辦？」徐明笑問道。

張一凡低頭想了想也很苦惱，哪些高手都是商隊高手，又不是遊歷江湖的高手，人家憑什麼要和你較量？這是個問題。

「是啊，這個，真不好說，如果那商隊高手不願和我較量，我也不能逼迫人家啊！」

「就是啊！所以啊，我有個主意。」

「你小子總是有那麼多的好主意，說說看。」張一凡一聽徐明有主意，轉而高興起來。

「帶上我去，我來幫你搞定，絕對沒有問題，我一定能讓高手和你決戰，說不定是決一死戰，你可要當心了。」

「好，我就喜歡放開了，什麼都無所顧忌打鬥一場。」

「那就說定了，到時候帶我去。」

「不過，你是個新生，天門有規定的，新生不能外出……」張一凡想到了門中的規定。

「放心吧，我會有辦法的，到時只要你出面承認我是和你在一起的，什麼都沒有問題。」徐明道。

張一凡終於忍不住答應了，和高手對決太有誘惑力了，再說，帶上徐明也是一個好幫手，能幫他出謀劃策，當下說道：「好吧，由你安排。」

徐明長出一口氣，外出的事終於搞定了，還有一個大高手陪同。

傀儡門啊，你怎麼也想不到，那巨額靈石交易會被我搞亂，那些靈石就是我的囊中之物了。

卷三十四　飯菜難吃

「我呸，怎麼這麼多沙子，米飯裡居然有沙子，怎麼吃嘛！」王嘉明把嘴裡的米飯全吐了出來。

「根本無法下嚥，我們都撿著米粒吃。」王嘉明話引來了一旁女生們的支持。最近不知怎麼搞得，伙食每況日下，越來越接近豬食了。

「就是餵豬也不能吃這麼差的，別說人了。」寧靜霍的站了來，冷冷的道：「走，去和伙房討個說法。」

大家吵吵嚷嚷的來到伙房，伙房廚師們才不在乎幾個毛孩子來鬧事，既然已經做了，就知道有什麼後果了。

「為什麼飯菜質量這麼差？」

「能不能認真做一下飯，米飯裡都有沙子，菜就更不用說了，白水煮白菜，至少也要有點鹽吧？」

「你們再不解決，我們就向校方反映，集體絕食。」

大家憤怒的表達著各自的觀點。

伙房的負責人是個大胖子，看上去所有油水都進了他的肚子裡。

肥嘟嘟的一臉橫肉，笑瞇瞇的聽著大家抱怨，「你們都說完了，聽我說說好不好？」

見大家都靜默下來，他才慢條斯理地道：「你們吃的飯菜可都是免費的，免費飯菜只能是這個樣子，有花錢的飯菜你們為什麼不吃，你們看，黃浦江同學也是你們班級的吧？他就沒有抱怨。」

大家順著肥廚師手指的地方看過去，果然，在這裡還有一個雅間，黃浦江正和幾個跟班吃的滿嘴冒油，桌上居然有紅燒鯉魚，蘿蔔牛肉，豐盛可口，誘人食欲。

「嘿嘿，只要掏錢了都可以吃的，沒有錢的同學，認我做老大，以後跟著我混，吃飯不是問題。」黃浦江笑呵呵的和大家打招呼。

「我們都是窮學生，哪有什麼錢？」

「剛來的時候不是很好嗎？飯菜做的雖然沒有油水，但也能下口，現在做的卻是豬食，不，連豬都不會吃。你們這些廚師也太不講人情了吧，大家每天都累的半死吃這麼差，簡直是要折磨死人嘛！」眾人都抱怨起來。

「嘿嘿，那是過去，現在食堂有人經營了，天門不出任何經費，我們自然要精打細算。」

「什麼，食堂有人經營了？」眾人這才明白過來，飯食為什麼這麼差。

「班長。」就在眾人爭執時，徐明走了進來。

大家見班長來了，這頭有人出了，都齊聲叫起來。

「徐明，還沒有吃飯吧，過來一起吃啊？」黃浦江笑呵呵招呼。

「不用，謝謝。」徐明沒有理會他的好意。

走過來對大家說道：「我打聽過了，他說的沒有錯，新生食堂被人承包了，免費食物就是你們看到的豬食，以後我們吃飯都成問題了。聽說，這個承包食堂的人是外院院長的一個親戚。」

「呵呵，不錯，我們的老大就是院長的親戚，承包了這個食堂，能給你們一口免費的豬食吃就不錯了。」胖子冷笑的道。

「那我們該怎麼辦，以後每天吃飯都要花錢嗎？」寧靜面色不悅，她出身貧寒，從來就沒有過多少錢財，這一日三餐，頓頓吃飯都需要錢，她可是掏不出來。

徐明家裡也不過是個小康人家，再說，他來時沒帶多少盤纏，現在也沒有什麼錢。

王嘉明就更不要說了，是窮人家的孩子。只有楊柳和秀眉來自江南的大戶人家，家境不錯，但來時也沒有帶銀兩，要等到從家裡拿錢，只怕早就餓死了。

「這明擺著欺負人，我去找天門負責新生管理的老師。」寧靜氣呼呼的道。

「不用了，我找過了，他們也說不出什麼來，再說了，食堂給免費食物，又不是不給，我們無處說理去。」

「讓他們來吃一頓那免費午餐就知道什麼滋味了。」王嘉明苦笑道。

黃浦江吃跑喝足，摸著肚皮走過來，笑呵呵的道：「我說諸位不要爭了，再爭下去也沒有說理的地方，我倒是有個辦法，不知道你們樂意不樂意？」

「什麼辦法？」眾人都望向了他。

「呵呵，很簡單，從今以後，甲班班長我來做，你們的飯食都算在我名下。」

「呸，就你還有資格當班長？」秀眉第一個反對。

「這條件不是欺負人嗎？」

眾人有點明白過來，這菜和豬食一樣，說不定就有黃浦江從中作梗，眾所周知，這小子一來就充大款，從家來帶了不少錢財，聽說，在桃花鎮還有幾個僕人，買了一間房子，專門來伺候黃浦江的，即使黃浦江出不去，哪些僕人們也經常來看望，裡應外合，有的是錢財，什麼辦不到，說是外院院長的什麼親戚，說不定就是黃浦江用錢買通了。

「黃浦江，想不到一個班長的誘惑力竟然這麼大，讓你不擇手段。」徐明苦笑道。

黃浦江黑著臉說道：「不錯，我這個人有個特點，越是得不到的東西越想得到。」現在他已經無所顧忌班長這個職位能帶來什麼好處了，而是必須得到，以滿足內心那份虛榮心，既然爭了就要爭到底，這是他黃浦江的性格。

「徐明，如果你把班長位置讓出來，我天天給你吃紅燒肉大米飯，怎麼樣，這比天天豬菜有味道吧？」黃浦江笑眯眯的望著徐明。

聽到天天紅燒肉大米飯，王嘉明喉嚨動了動，口水都要出來了。

「好，黃浦江，我答應你，不過不是我一個人，我要全班的人都天天紅燒肉大米飯，你看這麼樣？」

「呵呵，這個好說，只要讓我做班長，都不成問題，不過我有個小小要求。」黃浦江依舊臉上掛著微笑，看起來水到渠成，一種成就感寫在臉上，盤算當班長很久了，沒想到就這麼實現了，他禁不止讚歎起自己，真是足智多謀，靠著控制大家飯菜就一舉翻身做主人。

「什麼要求，你說。」徐明淡淡的道。

「很簡單，既然我是班長就應該有個班長的樣子，一、每天前呼後擁是必須的，你們大家都要聽我的命令，每天要請示彙報；二、班級裡的女生誰都不能打主意；三、對我說的話要言聽計從，不得違背。」

黃浦江說完這三點，大家簡直氣的要炸鍋了。

「為了一頓飯，就要捨棄尊嚴？」

「太小看我們了，你以為你是誰啊？」

「難不成班級的女生你都看上了，自大的傢伙。」

眾人本來有很多人動了心思，一聽黃浦江條件馬上不幹了。

「呵呵，這可不是一頓飯的尊嚴，我算了算，至少要三個月大家才能分開各奔東西，三個月時間你們天天吃豬食吧。」黃浦江啪的一下打開了摺扇，笑呵呵的道，一副志在必得表情。

「黃浦江，大家都是同學，何必呢？」徐明搖搖頭道。

「人活一張皮，我就是要這個臉面。」黃浦江笑道。

「徐明，連你也想不到吧，我的實力能控制新生食堂，這樣的本事誰能比得過我。你要是想吃紅燒肉，牛肉蘿蔔，糖醋鯉魚，就做我的手下，我給你個副班長當當，我也發現，你是個人才。」

「哈哈，算了吧，多謝你的好意。」徐明哭笑不得。

「你們大家都聽好了，我給大家三天時間，三天後，承認我當班長都來小食堂聚會，不承認的，繼續吃豬食。」黃浦江高聲宣佈著自己計畫。

「黃浦江，你控制住我們，能控制住其他班級的人嗎？不要忘記了，現在可是有四個班級的學生。」秀眉奇怪問道。本來有五個班級，後來最後那個班級也劃歸徐明來管理了，這樣一來，他們班級就有四十個學生了。

「哈哈，小菜一碟，不就是一百個學生嗎？我黃浦江養活的起。你去問問，其他班級的學生有什麼怨言嗎？他們早就對我俯首貼耳了，還要支持我做學生會會長呢，將來，我就是內院精英學生，甚至，外院學生也聽我的號令。」黃浦江臉上寫滿了得意。

「就你還進內院，去外院控魂門還差不多。」秀眉嘀咕了一句。

「不要以為錢能辦所有的事，當心哪天夜裡把腦袋丟了。」寧靜冷哼一句。

「哈哈，殺手門的未來新秀寧靜同學，你是要用殺手手段制裁我嗎？你不會的，我們之間不會有深仇大恨，再說，我和殺手門副門主關係不錯，你以後要晉升精英學生還能仰仗我呢！」黃浦江大笑。

「哼，殺手門怎麼會和你這樣的人打交道。」寧靜瞪了他一眼，不在說話。

「徐明，我希望你給我一個明確的答覆，難道你忍心讓同學們吃豬食？」黃浦江轉而望向徐明，他知道徐明在這幫人中的影響力，只要徐明點頭，很多人都會贊同的。

卷三十五　自力更生

徐明從上次歷練後，人氣一路飆升，現在不單單是甲班班長，連丁班撤銷班長歸他領導了，新生裡沒有一個人不認識徐明的，他一來就嶄露頭角，步步上位。

「好，我和大家商量一下。」徐明說完就走了，眾人跟著他從伙房出來。

大家來到一處空地上。

「都坐下吧，談談你們的想法。」

徐明擺擺手示意大家。

同學們面有菜色坐下，一天沒吃飯，肚子跟過不去，嘟嚕嚕叫，更不要說三個月不吃飯了。

「黃埔這個混蛋，沒想到他會來這麼一齣，控制食堂。」王嘉明氣呼呼的道。

「我們聽班長的安排，大家說是不是？」秀眉永遠向著徐明。

「那是當然。」眾人齊聲道，聽黃浦江的，那是喪失尊嚴，他算什麼東西。

「但也不能讓你們天天吃豬食啊！」徐明歎了口氣。

「不就是三個月豬食嗎？忍過去就是了，又不會死人。」寧靜無所謂的道。

眾人有的也應聲了，但想想三個月時間，每天吃有沙粒米飯，有蟲子的菜葉，不好忍啊！

「算了吧，忍不過去的，我們還是想想別的辦法。」徐明否定了寧靜這個想法。
「那你有什麼好的辦法？」寧靜不屑的望著他。
大家目光都聚集在徐明身上。
徐明不做聲，閉上了眼睛，彷彿沒有看見。
寧靜冷笑，「其實班長已經告訴我們辦法了，每天修練達到辟穀境界，就可以不用為飯食發愁了。」
大家哄笑起來，要達到辟穀境界，他們修為遠遠不夠，除非天門的大能們能辦到，不過三個月時間，大能們堅持下來的也不多吧。
「我看，我們可以辦個食堂，自己解決吃飯問題。」徐明沒有理會寧靜的話，睜開了眼睛說道。
「不可能。」
「不現實。」
「我們是學生，要上課為主，誰會去做飯。」
「我們也沒有錢做這些事。」
反對聲一浪高過一浪。
「沒有錢可以去賺，沒有人可以去雇，他黃浦江能做到的，我們也能做到。」徐明道。大家都不吱聲了。
「那就交給班長辦了。」寧靜道，眼神中掠過一絲光芒，她相信班長有辦法，這個傢伙的腦袋永遠那麼靈光。
「徐明，需要什麼，我來幫你，錢不是問題，我想辦法籌集。」秀眉第一個贊同，而且是那種驚喜目光望著徐明，好像是要一起創業的激情。

「也算我一個。」楊柳道。自從上次徐明救過她一次，楊柳一直很感謝他。

「這種小事不必動用你的家族，再說也來不及。」徐明搖搖頭。

「我有個提議，這幾天大家可以去打點野味回來，鹽巴可以去山下牧羊女小潔家裡買一點，每天她都會上山放羊，我去打個招呼就可以；至於米飯，大家把學院提供的米飯撿去沙粒，還能勉強食用。我保證半個月後，我們自己的食堂就可以運轉起來，大家專心學習，不必為吃東西擔心什麼。」徐明信心滿滿的給大家保證。

「我們聽班長的。」眾人臉上都笑開了花，吃飯問題終於讓班長解決了。

但也有些人疑惑，半個月，班長用什麼手段來搞起食堂來。

現在他們連口鍋都沒有啊！

接下來的幾天，徐明他們都沒有去學校食堂吃飯。

這倒是讓黃浦江奇怪，難道這幫傢伙集體絕食了？他的計畫又一次泡湯了？他琢磨不定，跟在眾人身後，見他們班級的人都跑到小樹林。黃浦江帶著幾個跟班偷摸跟過去。小樹林裡，大家都在忙碌著，清淩淩小河邊架了兩口大鍋。

鍋裡冒著熱氣，不一會兒水燒開了，眾人在一起高興的說笑著。

有做飯的，有燒火的，還有洗菜，抓魚的。

徐明指揮著大家，歡快有序的忙碌著。

「班長，魚收拾好了。」

「班長，菜洗好了。」

大家都各自完成了任務，徐明開始下廚做飯了。

他家開的就是飯館，從小耳濡目染學了不少，再說，他還陪師傅燕翔子野外生活過三年，有的是野外生存經驗。鹽巴是山下牧羊女的，鍋也是她家的，她經常來山上放山羊，山羊這種動物喜歡在懸崖峭壁上吃草，這麼多年了，牧羊女是天門常客，徐明經常去樹林裡修練，常遇見她，一來二去，兩人也就認識了，關係還挺不錯。

「看我給你們做個紅燒魚，外加黃瓜湯。」

徐明一副大廚神態，眾人翹首以盼，等到美味即將到來。

他熟練把魚放進去清燉，又加了些調料，不一會兒，就聞到香味撲鼻而來。

魚做好了，開始做湯，將水燒開，放進黃瓜片，加了些海帶、蔥花、鹽，等到熱水沸騰，將菜煮熟了，打了幾個雞蛋，一攪拌。一鍋綠中帶黃的雞蛋湯就好了。

大家說笑著，把食堂米飯拿出來，坐在一起像一家人似的，熱熱鬧鬧吃起飯來。

「沒想到徐明做飯。」就連黃浦江手下的跟班都不禁吸了吸鼻子，確實挺香的。

「哼，我就不信你們能堅持野外生存。」黃浦江哼了一聲走了，同時對一個跟班說：「吩咐廚房，今天免費飯不提供了，只提供免費水煮白菜，不放鹽。我讓他們主食都沒有，看他們吃什麼。」

「我看連水煮白菜也不給他們提供。」另一個跟班很盡職的道。

「你懂個屁，我們當時承包食堂時，答應校方給提供免費飯食，只是對一部分希望改善生活的人提供額外服務，如果不提供免費飯食，這幫傢伙就會去校方告我們，到時校方出面解決，我們就很被動了，現在只要我們提供，不管是什麼東西，校方都沒有理由干涉，呵呵，再加上我的關係，他們就是去告校方也不會理會的。」

「還是黃兄厲害。」

「呵呵，跟我混，你們會得到的好處可不止每天吃肉。」黃浦江大搖大擺走了，身後兩個跟班緊隨。

又是一上午的歷練，今天講的是拳法，刀法。

這些都已經基本入門了，大家都明顯有改變，徐明進步更甚，他的力量和爆發力超乎尋常，但基本功不扎實，原來就沒有學，現在等於重新給補了一課，所以他學得很認真，一招一式都不敢錯了。老師見他這麼認真也都很喜歡他。

儘管他心裡有一套恆河沙數的拳法，但需要內力提升才能修練，而內力提升需要靈石的輔助等等，暫時條件還不允許有這麼多靈石來修練，所以，也就沒有去修練，而是穩紮穩打的學習基本功。

中午，大家都休息的時，徐明去找李如煙。

李如煙是天門的管理者，內院外院都說得上話。而且還管著新生，即使她不天天來，也應該知道發生了什麼。

大家都快被黃浦江整的要餓死了，她這個管理者不能不過問。

沒有人和李如煙說得上話，因為她給人的感覺就是高高在上，居高臨下。

只有徐明不怕她，兩人關係大家也有目共睹，李如煙看上去很喜歡徐明，而徐明去李如煙那裡也很隨便。

李如煙正要午睡，衣服都脫了，只穿了件睡衣，聽到徐明來敲門。

卷三十六　決不後悔

「如煙姐，是我，徐明。」現在的徐明來內院就和回自己家似的，門口護衛一聽他是來找李如煙的，一律放行，他們可是吃過李如煙苦頭，對她多少有些畏懼，一聽是她弟弟來了，那裡還敢阻攔。

「吱呀」一聲門開了。

李如煙站在那裡，婀娜多姿的身材，陽光打在身上，薄如蟬翼的睡衣在陽光照耀下，凸顯出玲瓏身段。一瞬間，徐明有點呼吸窒息，如煙姐真是太美了。

「找我什麼事嗎？」李如煙並不是那麼高興見他。

「當然有事。」徐明不由分說走進來。

「你這個壞小子，人家正要午休，專門挑這時間來看我，我看你是故意打亂我的作息時間。」李如煙作息時間多年來雷打不動。

「我就問幾句話就走。」徐明一點也沒有道歉的意思。

「說吧，什麼問題。如果是想找我來走後門，想也別想，也別提了。」李如煙警告道。

「切，你的前門都不好進，後門想必更不好進來了，我可沒有走後門習慣。」徐明大大咧咧的在那塊靈石制的椅子上坐下，一股清涼湧上心頭，所有煩惱都被這股清涼給帶走了。接著就感覺到靈石散發出的靈氣，屁股底下穴位如絲如縷竄進體內。

李如煙關上門，靠在門邊，雙手抱胸，看著他，等待著他的問題。

「我的問題很簡單，你為什麼變心？」徐明一本正經的道。

李如煙被他的問題給問蒙了，臉色驚訝道：「什麼我變心，我變的哪門子心，和誰變心？」

徐明敲了敲腦袋，有點搞錯了：「額，我是想說，你為什麼偏心？」

「偏心？這又是從何談起。」李如煙鬆了一口氣，好在是偏心，若是變心，她都有點不知所措了，她從來就沒有談過戀愛，那個女孩子不懷春，她又不是聖人，心目中也有自己的白馬王子標準，徐明的一句變心搞的她好心好亂。

「這還用問嗎？偏心黃浦江唄！讓他聯合什麼人把新生食堂承包了，搞的我們連吃飯地方都沒有。」徐明沒好氣的道。

「承包食堂我是知情的，是外院院長一遠方親戚，他是為了盈利，自然會在菜品上做一些花樣，吸引同學們就餐，這是沒有問題，有錢就可以花點錢吃點好的。至於沒錢的同學，我們也想到了，學院提供免費餐，這也是當時和他們契約裡說好的條件。」李如煙對於這件事是知情的。

「哼，那免費的午餐也能算是食物，簡直和豬食差不多，米飯裡摻沙子，菜都是發霉的亂菜幫子用水煮一下。」徐明氣呼呼的道。

「什麼！沒想到他們竟然在這裡耍把戲？」李如煙聽了也吃了一驚。

「你可以去看一下，哪些東西能吃得下去嗎？再不解決我們班的學生都來你家吃飯。」徐明威脅道。核心學生的飯食做得精緻，那是天門出了名的好，用的都是御膳房的廚師。

「好啊，只要你們達到我的修為，別說吃飯，靠吸食靈氣都可以幾天不吃飯。」李如煙笑道。

「笑，你還有心情笑，拜託，幫我們解決一下吧！不要逼我出手，我還是希望校方能出面協調。」徐明翹起二郎腿說道。

李如煙笑了笑，搖搖頭：「徐明，這件事你找我也解決不了。」

「為什麼？」

「因為這是天門，天門有天門規矩，一切問題都需要自己解決，只要你夠強大，你有實力，就可以修改規則，修改一切你看到的不滿意地方。如果你沒有這個實力，那對不起，這些發霉白菜你們要繼續吃下去，直到新生訓練期結束為止。」李如煙正色道，將天門的規矩重複了一遍給他。

「這麼說，校方是不會干涉了？」徐明站起來，看來這件事找李如煙都白費。

「不錯，一切都靠你們自己解決。」李如煙看著他說道。

「那好，我要請假，為了我們都有飯吃，我要和學院請五天假期，這需要你李如煙同意的吧？」

「請假自然需要我同意，我可以批准你的假期，但你想好了，你現在是新生階段，每天課程都很緊張，五天假期你要拉下不少課程？到時，考核沒過關被刷下去，可不要後悔，這可是關乎你一輩子大事，你因為請假而沒有過關，最後結果是什麼？得不到天門栽培，享受不到天門待遇和榮譽，最後的結果只能是灰溜溜的回到家鄉，一輩子無所作為虛度年華，所以，一切都要慎重對待，不要因小失大。」李如煙諄諄教導著他。

「你說的我都明白，但為了我們班級大多數學生能活到考核期，我必須要解決吃飯問題。這五天假我是請定了。」

「好，看來你是想好了才來我這裡的，你的假期我同意了。」

李如煙走到桌前，拿起毛筆，唰唰幾下就給他寫好一個假條。

「簽上你的名字，五天假期我准了。」

「好！」徐明走過來，寫上自己的名字，然後揚長而去。

「小子，你會後悔的。」李如煙站在門口看著他遠去的背影，有點痛心疾首的道。

「我決定的事情從來就不後悔。」遠遠飄來少年鋼鐵般堅定的語氣。

「唉，這小子，好倔強的脾氣，看來是該和大院長彙報一下他的消息了。」站在那裡，看著徐明離去，李如煙決定要把徐明這段時間的表現和大院長交流一下，大院長一直關心他的成長呢！只是這個傻小子不知道而已。

天日晴好，山谷幽靜，間或傳來清脆的鳥鳴聲。

山間小路山走下來兩個人，正是徐明和劍學大師張一凡。

徐明頭戴斗笠，心情不錯，很久沒有這麼舒適生活了，每天訓練枯燥乏味，體力消耗巨大，一沾枕頭就睡，現在可好了有了一個小假期，怎麼能不讓人高興。

「你小子不是說初三才有商隊來嗎？怎麼現在就下山，離下個月初三還有五天呢。」就連張一凡也很奇怪，徐明這傢伙竟然催促他早下山，說是要準備一下。

張一凡是內院的精英學生，地位相當高，宅男的習慣讓他消失在大家視線中，他去那裡隨時都可以走，不必和任何人打招呼，這就是精英學生的好處，學習自己安排，想去那裡就去那裡，沒有人會管你，因為只有下一步提升才有資格競爭。

「我找李如煙了，她同意請假五天。」徐明微笑著道。

張一凡聽了，更是吃驚，「什麼，她竟然同意你請假，這可是違背學院規矩啊！新生沒有資格請假，你們需要學的東西太多了，請假一天都要耽誤很多節課，不像我，七天講一堂劍學課自己安排。我建議你還是回去，要請假也請我的劍學課，我過後給你補上就是了。」

張一凡聽罷有點不忍，李如煙這是害徐明那！讓他離開五天，能不能通過最後考核都是問題了。

「我已經請了，說出去的話潑出去的水，再說是我故意用激將法，讓她把假請給我的，得來不易怎麼能回去。」徐明淡淡的道。

「你小子，我也不說什麼了，既然你有自己的理由，那麼一定對未來也有計劃了，我相信你的能力，需要什麼以後找我幫忙就是。」張一凡拍拍徐明肩膀。

徐明他已經有所瞭解，至少，在內力提升方面就足夠讓他震撼了，如果今後潛心研究一門技藝，未來不可限量，既然他決定了那就隨他好了。相信他有這個能力。張一凡沒有在追問下去，此刻，他的心早已經飄出很遠，面對即將和高手一戰的較量籌措滿志。

走過天門最後一關，在門衛處進行詳細登記，兩人算是出了天門，一路說著話，不知不覺中，日上三竿。

中午時分到了距離天門最近的小鎮。

這個鎮叫桃花鎮，因為山上漫山遍野桃花而得名。

鎮子因為在官道必經之處，又是背靠天門先天優勢，來這裡做生意的人很多，來往客商絡繹不絕，更多的是各地收購商。

徐明出手闊綽，一來就定了悅來客棧上好客房一套。這樣客房需要一天一兩銀子，價格不菲。

「徐明，要這麼好的客房幹什麼？」張一凡對俗世中生活不如徐明，徐明好歹也是小老闆的兒子。對他來說，出門在外有一個能容身的地方就不錯了。

「呵呵，張兄，這你就不懂了，和商隊打交道，自己就要體面，才能贏得對方信任，如果我們太寒酸，對方是看不起我們的。」徐明笑呵呵道。

「我要的是比武，和他們商隊護衛比武，什麼寒酸不寒酸。」張一凡鬱悶的道。他哪裡知道是被徐明「騙」來的。

「這又不懂了吧，和高手對決，總不能偷襲吧，所以，要有個談的過程，讓人家願意，你放心好了，住在這裡，一切聽我的安排，我來替你搞定。」

「那好吧，我沒有在俗世中生活過，你看著安排吧。」對於俗世生活，張一凡出門在外要依靠徐明。

「沒有問題，等下我們放好東西，吃過飯，鎮子上轉轉。」

「對了，我們這麼早來鎮上，就是為了等商隊嗎？」張一凡想了想，覺得有點虧了，還有五天時間呢！就這麼幹坐在客棧裡等也不是回事兒。

「不，我還打算賺點兒錢，搞個食堂，解決新生吃飯問題。」徐明若有所思的說。

「什麼，賺錢？你來小鎮想賺錢，打算賺多少錢改善伙食？」張一凡聽了，更是吃驚，五天時間他居然要賺錢搞食堂，簡直不可能。

「我算過了，至少需要五百兩銀子。」徐明說道，心裡早就算過好多次了。

「什麼？五天時間你打算賺五百兩銀子，你打算怎麼賺，去餐館洗盤子還是去打劫？」張一凡摸著腦袋想不通。

「老張，我也沒有想到呢，要不然提前來呢，我們去街上轉轉看，也許就會發現商機呢。」徐明不好意思的說，賺錢是個目標，但方法沒有。

「什麼商機也不會五天賺五百兩銀子，除非是搶。」張一凡不置可否。

「什麼搶不搶的，老張，我們天門學生出來要行得正走得端，賺錢靠真本事。」徐明不屑他的思維，簡直是山寨強盜的思維。

「好，我就看看你怎麼賺到錢。」張一凡對賺錢一竅不通，他從來就不知道賺錢是怎麼回事兒。這次，正好借這個機會看看徐明，五天時間怎麼賺五百兩銀子，要是他自己，估摸著一兩銀子都賺不到，最多幾文錢。他不知道賺錢有什麼門道，對他來說吃飽飯就是了。

大街上人來人往，做什麼生意的都有，賣布料的，賣糖葫蘆，賣各種小吃，兵器、耍把戲……

「徐明，我們要幹什麼才能來錢？」張一凡好奇的問。

徐明沒有發現商機，聽到張一凡問題，撓了撓頭，「要不我們表演武技如何？」

「哈哈，開什麼玩笑，我堂堂天門弟子，在鎮上表演武技謀一口飯吃，傳出去給天門丟人，你知道天門在老百姓心目中是什麼嗎？那是神殿，人才濟濟之地，你讓我們天之驕子來表演雜技取悅世人，老百姓都會把你唾沫淹死。」張一凡不屑的道。

「看來牛逼久了，一旦隕落，連狗都看不起啊！」徐明聽罷張一凡的話深有同感。看來這個賺錢項目不可行，他也是信口說說。

「話糙理不糙，就是這個意思。」張一凡苦笑道。

徐明忽然眼前一亮，問道：「既然天門學府這麼厲害，一定有很多傳說了？」

「那是，傳說不過多是傳說，真正瞭解天門的人是很少的。」

「那就是說，很多人都想知道這神祕地方有什麼不同，但都是迷霧朦朧，不知真相？」

卷三十七 賺錢門道

「不錯，天門的真相，天門弟子都不知道，更何況是外人了。」

「我有主意了。」徐明一拍大腿道。

「什麼主意？」張一凡不明白問，隨便幾句話就有發財門道？

「老張，你一會兒什麼也不做，等到眾人給錢時你幫我收一下就是。」

「小子，你打算也幹什麼？真要表演武技，就你那三腳貓功夫，只怕是給天門丟人的。」張一凡不放心的道。

「等一下你就知道了。」徐明故意買著關子。

徐明已經在勘察場地，看看那裡人多熱鬧好開始賺錢了。

張一凡習慣性揉揉鼻子，不知道他葫蘆裡到底買的是什麼藥。

又轉了一會兒，徐明指了指人多聚集之地，道：「就是這裡吧，我們開始了。」

「老張，你先給我弄個場地再說。」

張一凡想知道他究竟要幹什麼，不是表演武技，還能幹什麼。

當下，走到人多之地，身法一轉，劍鞘掀起一陣塵土，一個圓弧線圈畫出來。

「哇，這個圈畫的好圓。」當即有人就叫道。

「看來這個賣藝的有些功夫。」有人跟著道。

只見一個圓的天衣無縫的圈子出現在眾人面前，眾人都是見過世面的人，都知道這是要表演什麼了，主動站在圈外看。

張一凡臉紅紅的，「我，我們不是要表演。」

「各位父老鄉親，大家好，在下路過寶地，借寶地一用。」徐明不待張一凡再說什麼，急忙走到圈子中間，打起圓場。

「原來是這少年要表演。」

「看他骨瘦如柴，面色泛黃，不知道要演什麼？」有人搖頭，沒有看好他。

「天門，一直是大家心目中的聖地，但關於天門傳說，大家未必知道，今天在下就是要講一講天門的事，想當年，天門中一白衣白髮的秀美婦人愛上了一代英才羅魂天……」

一聽天門兩個字，那是神地，很多人只有仰望份兒，而眼前這位「說書人」一上來就說天門故事，很快吸引了很多人圍觀，當他說出天門中的俊美婦人愛上了一代英才羅魂天，一下子吸引了更多人圍觀，哪些本來有事的人都停住腳步，更不要說那些無事逛街的人，越是神祕越吸引人，越是男女之間的私情人們津津樂道。

徐明一開口就吸引了眾人注意。

他敏銳的目光一掃而過，人群從剛才的十幾個人一下子就暴漲一百人左右，不過，這些人還是不夠，假如一個人給他一文錢，他也不過百十文錢。要吸引有錢人來聽才是，現在還都是平民腳夫，有錢人還沒有來呢，所以，現在還應該繼續賣關子聚攏人。

「你，你要講羅魂天，徐明，你不想活了，那可是我們的大院長啊！」張一凡一看陣勢不好，人圍觀的越來越多，低聲道。大院長的名號叫羅魂天，不過很少有人提及了。

「廢話，講你張一凡有這麼多人聽嗎？老張，只有名人的故事才有吸引力。」徐明笑瞇瞇的低聲道。

「好，我就看你怎麼收場，你小子真是太壞了，為了錢不惜拿大院長取笑。」張一凡嘟囔著。

徐明講了一句，就不講了，微笑的望著大家，引得很多人都有點等不急了。

「說書的，快點講下去啊。」

「那白衣白髮的婦人到底是誰？」

「啪！」一枚銅錢扔進來，有些著急聽故事的人已經給錢了。

開頭如此良好，讓徐明心裡高興，看來從來就沒有人講過天門題材的故事，他算是撈著了，這個故事對太多的人有吸引力。

「羅魂天的故事有很多傳說，但那都是傳說，根據我的內幕消息，羅魂天的愛情故事也很精彩，今天我們主要講一講他的愛情故事吧。」徐明話還沒有說完，就引來一陣叫好聲。

羅魂天是天門大院長，關於他的英雄事蹟，大家都知道差不多了，反正是少年英才，征戰四方，為天洲皇朝立下汗馬功勞，這樣偉大事蹟大家早聽膩了，現在，有人出來講他的愛情八卦，可以說是名人私生活，立刻吸引了很多人興趣。

一頂轎子落在外面，轎子下走出來一個英俊的少年，長的那個帥氣，水靈靈的大眼睛，皮膚白皙，身子骨柔弱，身穿黑衣，手拿一把摺扇，頗有點書生氣質。

徐明眼尖，一眼就看出來，來人是女扮男裝，那雙靈氣眼睛洩露她的祕密。再說，脖子連個喉結也沒有。

這樣的女扮男妝太容易讓人認出來了。

女孩子最喜歡聽愛情故事了，這女孩又是坐轎來的，一定是個大主顧，一會兒講時要把握住懸念，一定要讓她多掏錢。

徐明心裡有了主意，不愧是市井小老闆家庭出身，對於賺錢有著天生靈敏度。

「要講羅魂天的事，離不開美女，大家也許很好奇那白髮白衣美女子是誰，今天，我們就要從這個女子身世開始講起。」

人群中一下子寂靜起來，大家都安靜下來，認真聽起來，很多人都坐在地上聽。

場面上被徐明三言兩語就穩住了，只要屁股坐穩了，他講一個時辰都不會打磕，一個時辰會來多少人呢……

「這白衣女子姓花，叫花悅，據說從小就是天才美少女，家族在北方很有勢力，這花悅是怎麼去天門呢？這裡面還是有故事的，花悅天生武學奇才，十五歲時已經達到內氣師修為，這可很了不起啊，很多人一輩子都達不到這個級別，她僅僅十五歲就有了內氣師的修為，她的實力去天門是直接可以進去的，然而，卻出現變故，她被江湖上神祕莫測的毒門給劫持了，毒門行蹤詭祕，誰都不知道他們根據地在什麼地方，那這花悅後來怎麼進了天門？她被毒門的高手劫持到底發生了些什麼呢？」

講到這裡徐明忽然打住了。

引得眾人非常不滿。

「你小子怎麼不講了。」

「快講啊，到底那花悅是什麼來歷？」

「是羅魂天救的花悅嗎？」

看著眾人急不可待的表情，徐明咳嗽了一下，笑道：「各位，小弟遠道而來，口渴難耐，還是先等小弟喝一杯水在接著講。」

卷三十八　懸念之間

「兄弟，你快點講吧，這水能不能不喝？」

「大哥，你講的真是有趣，這花悅到底是什麼人？那羅魂天是不是深入毒門救了她，後來，把她帶入天門，兩人日久生情？」有人熱心的給他買來甘蔗水，端到徐明面前，熱情的詢問結局。

「呵呵，大哥，如果這樣講故事，你也能講，就不用我了。」徐明哈哈一笑，正好渴了，將甘蔗水一飲而盡，這時圍觀的已經上百人了，大家都在焦急等待他繼續往下講，可恨這傢伙喝水，聊天磨咕上了。

「你講的很生動，這些算是我的打賞。」就在這時，那黑衣美少男遞過來一錠銀子。

徐明看了一眼，估計了這錠銀子少說也有三兩。一看就是出手大方主兒，不過他今天要掙到一百兩銀子，甚至更多，三兩銀子只是個良好開頭。

也就是夠班級裡的同學吃幾天伙食費。

「這位少爺，多謝賞賜，大家看看啊！這位少爺一下子就賞銀三兩。」徐明把銀子拿在手裡大聲忽悠，搞的哪些本想散給他幾個銅錢的人怪不好意思，人家三兩，他們一個銅板，自己都覺得沒有面子。

「兄弟，只要你故事講的好，我願意多給錢。」這時候又有人扔過來一串銅錢。

「這位大哥多謝了，打賞小弟一串銅錢，各位，在下接著繼續講下去，希望有錢的捧了錢場，沒錢的打賞多少都感激不盡。」這話意思很明顯不過，所有人出錢他才繼續講下去。
徐明使了個眼色個張一凡，張一凡心領神會，拿著草帽過來在人群中走一圈。
只聽草帽裡叮呤噹啷一陣響，等到一圈下來，草帽滿滿的要冒了。
這樣的收入，讓表演賣藝的人都能氣死，徐明動動嘴皮，故事還沒講完，只講了一個開頭就賺了這麼多錢，而他們賣力氣活，到表演完了才跟人家要錢，結果人都走的差不多了，這小子夠聰明，吊足了大家胃口，不講故事先要錢，這樣人越來越多，給了錢都捨不得走，繼續聽下去，人會越聚集越多。有幾個賣藝的人眼見的人都跑到他這裡了，只好唉聲歎氣的準備收場子。不過他們從徐明這裡也學習了不少東西，下次就能用得上了。
「話說，花悅被毒門的人看上，要劫持她去毒門培養，在毒門要搶她的時，花悅的孿生妹妹花茗急中生智，為她姐姐做出偉大犧牲，她將姐姐藏在書櫃裡，自己去面對毒門，結果，姐姐得救了，花茗卻被毒門人劫持走了，從此，杳無消息。」
眾人一陣的默，都沉寂在這個悲痛故事當中，原來，花悅還有妹妹，那結果如何呢？
「就這樣，過了七年，毒門高手出現在江湖，高手之中，赫然有一位美麗女子，很快引起眾人注意，此時，花悅來到了天門，成為了天門的核心學生，此時，她剛剛和羅魂天認識，並沒有產生愛慕，當聽到毒門有一個美麗女子時，花悅經過幾番打探，謎底最終清楚，她的妹妹花茗被毒門訓練成了高手，擅長控制屍體，江湖上送給她一個可怕的名字——屍後。即使平淡無奇一具屍體，經過她的修練，也能變成強大的殺人武器，而且，本人聽說，這花茗最近剛剛出現在桃花鎮，所以，在座的各位都要小心了，免得成了花茗操控的對象⋯⋯」
徐明話一出，立刻引得一片驚訝聲，有的人不禁打了個哆嗦，渾身發麻，擔心一會兒怎麼回家，路上被劫持了怎麼辦。

「原來花悅和花茗竟然有如此遭遇，那後來姐姐怎麼對待妹妹，是要除掉她嗎？」有人禁不住追問下去。

「花悅和羅魂天究竟怎麼愛上的，這個還沒有講呢？」

面對眾人的追問，徐明微笑不答。

等到大家都問的差不多了。

他抱拳道：「各位，今天就講到這裡，至於後續如何，晚生明天繼續在這裡講，各位要聽結局的還要早點到場才是。」

「啊，什麼，這就不講了？」

「剛開始聽了一半兒。」

「各位，晚生初來寶地，水土不服，今天就講到這裡，還請各位沒錢捧個人場，有錢的小有賞賜在下感激不盡。」

徐明拱手謝場，張一凡再次捧著草帽要錢。

大家聽的意猶未盡，紛紛又打賞了一遍。

「明天可要早點到啊？」

「不要讓我們等的心急。」

「最好改成一天三場，這樣聽起來過癮，只講一場就散實在不過癮。」

大家七嘴八舌的說著。

「嘖嘖，好的故事就是能吸引打賞啊！」徐明心裡挺美，舉手抱拳一一謝過。

等到人走的差不多了，張一凡已經收了兩草帽銅板，這裡面還夾雜著有不少細碎的銀兩，粗略算了一下，差不多有五十兩銀子吧。

這樣一天講三場，賺五百兩銀子沒有問題。

「小子，真有你的，拿大院長故事賣錢。」張一凡低聲道，這些都是天門祕密，大院長的情事大家諱莫如深，這小子居然加工一番出來賣好價錢，看樣子，只要他講下去，就有不菲的收入。

「呵呵，這你就不懂了，說書人，最重要的是講究懸念，故事能黏住人，就是大院長來找我，我也沒什麼好怕的。再說，我賺錢為什麼，是為我花嗎？非也，我是為了我的班級四十個人有口飯吃。」

面對徐明正當理由，張一凡也說不出什麼，反正他是不會去大院長那裡告發的。

兩人收了錢就要離開。

這時候，一個人攔住了他們的去路：「先生，請留步。」

徐明回頭一看，攔住他的正是剛才那位打點了他三兩銀子的少年。

「這位少爺，多謝你的打賞，不知道招呼晚生有何吩咐？」徐明客氣的說道。

「您講的非常好，聽的出來，都是有些根據的，沒有道聽塗說的瞎編，不知道您可否單獨給我講講，這毒門女子花茗結局到底是怎麼樣，她真的來天門嗎？現在就在桃花鎮？」黑衣少年微笑的問道，同時，塞過來一錠更大的銀子，掂量一下，大概有二十兩，這可是一筆鉅款了。二十兩銀子能買很多菜、肉，雞蛋什麼的，夠大家吃好幾天了。

「呵呵，這還需要保密，閣下若是想聽，還是明天來吧，我明天有三場書，到時候你就知道了。」徐明笑呵呵推辭了，他感覺到裡面有些玄妙的危機，他明明是道聽塗說加工，至於毒門高手是不是來到桃花鎮他不過是為了渲染氣氛亂說罷了，他那裡知道。

一股幽幽寒氣透過他的袖管鑽進來，那股寒氣讓徐明大為驚訝，急忙運氣丹田內氣，將寒氣逼在袖管裡。這樣寒氣，如果一般人，估計立刻就被凍僵了也未可知。

「閣下是什麼人？」徐明明顯的感覺到來人身份特殊，這份寒氣，不是一般人能做到的。

「沒想到一個說書人竟然是高手，我的詛咒寒氣竟然能夠抵擋住，真是小看你了。」那個少年依舊臉色平靜。

「閣下，我們都是江湖中人，得饒人處且饒人。」張一凡一笑，抬手之間，將那黑衣人的胳膊擋住了。黑衣少年立刻感覺到一股鋒利的劍刃氣息，立刻收手，面色微笑：「既然這樣，那在下明天在來聽好了，這個結局卻是很吸引人，得罪了。」說完飄然而走，留給他們一個華麗的背影。

「哪裡哪裡。」徐明笑道，心裡泛起了嘀咕，這個人不簡單。男扮女妝，身手不錯，會是什麼人呢！

人群中好像還有一個人，身材高大，一雙劍眉炯炯有神，只是戴著斗笠，深藏不露，也不給錢，站在那裡白聽故事，便宜他了。

「主人，您為什麼給那個小夥子那麼多的銀子？」出了桃花鎮，黑衣人身邊多了一個秀美的女子。

「我也說不清楚為什麼，這個故事我早就聽說過了，不過這個少年，讓我一見就有一種莫名的感覺。」黑衣人搖了搖頭說道。

「心有靈犀？」秀美女主問道。

「也許是吧，這個少年的底細我要知道。」黑衣人騎上快馬，離開桃花鎮，在官道上絕塵而去。

卷三十九　商人出現

送走神祕人，徐明和張一凡正要打道回府，就聽遠遠一個人道：「先生，留步。」

徐明頭都大了，不過賺了一點小錢，就這麼多人看在眼裡嗎？又是什麼人要打他的注意，看來錢不能外露是永遠的真理，剛露了一點，也就是兩草帽的錢，就被這麼多人盯上了。他真的不忍心和這些貪財的人動手。

「什麼事？」徐明不耐煩的問道。回頭一看，原來是個老頭兒，年紀差不多五十歲左右，蒼白頭髮，瘦弱身材，身穿灰色大褂，看起來鬆鬆垮垮的，好像被一股風都能吹跑。他的身後還跟著一個身穿粗布服的夥計。

「老人家有何指教。」徐明現在的修為已經是差不多內氣師水平，能感覺到一個人的強大，走路氣息就能揣測到，而眼前這個老者沒有絲毫的氣息。也就是一個普通百姓，這樣的人也貪圖那點錢財嗎？

「呵呵，小兄弟，老朽能否請你去喝一杯茶？」老者走過來和顏悅色的道。

「喝茶，我很忙。」徐明毫不猶豫拒絕了，他還要趕著回客棧呢，過幾天就是傀儡門和商隊交易靈石的日子，到現在他還沒有一個萬全之策搞到這批靈石呢，哪有什麼心情喝茶，可以說，他現在白天和晚上時間排得滿滿的。

「哦，小兄弟既然很忙，老朽就在這裡說了。」老朽拱了拱手道：「在下是江州商人，在江州有一處書坊，刻印一些市井暢銷小說，此番來桃花鎮是探親來了，不想剛好聽到小兄弟說書，老朽覺得小兄弟故事非常吸引人，一定可以大賣，小兄弟，能不能把你的故事賣給老朽？」

「賣給你？」徐明一聽，就覺得這事非常可行，賣故事印成書比自己說書來錢快吧。

「是啊，我出這個數買你的故事，等到你講完了，我就印刻成書。」老者伸出一個指頭晃了晃說。

「一，一百兩？」張一凡有些驚愕的問道。

「不，一千兩。一千兩銀子買你這個故事。」老者微笑的道。

「啊！一千兩……這，這……」張一凡不知道說什麼好了。一個故事值一千兩，真有點想不通，徐明的故事這麼值錢。

「小兄弟的故事新穎，又契合當下名人，還有些隱私揭露，符合大眾閱讀口味，一千兩是合適的。」看到徐明一直沒有表態，老者又說道。

徐明沒說話，其實，他的故事大部分是加工的，也有一些是真實的，但要把這個故事講完，講的曲折，他還沒有想好呢！

「這是一張三百兩銀票，全天洲朝通用，算是我預付款，五天後等你講完，我要全部的完整故事。你到時候給我一份手抄本就可以，等到印刷完成我可以送幾本給你，並且可以署上小兄弟名字，等到將來你要有什麼別的好故事，你名氣大了，也許就不止這個價錢了。」老者笑瞇瞇的道。

「故事我可以給你，不過我要別的合作方式。」徐明想了想淡淡的說道。

這下輪到老者驚訝了，這小子一千兩都不動心，真是有點實力啊，換做別人，早就要高興瘋掉了。

「我這個故事很長，如果要是印刻成書的話，我想至少要五本才能印完，閣下剛才說的是一本書價格吧？我幫你算過了，一本書你賺五文錢，一萬本你可以賺到五百兩吧，我的這本書這麼流行，至少一本就可以印八萬本，這樣一本書你就可以賺四千兩銀子，給我一千兩，你還有三千兩，這可是除掉各種費用純利潤啊！一本書你能賺到三千兩，五本書你就可以額賺到十五萬兩，你給我一千兩是不是太少了。」

老者眉毛都抽到一起了，這小子倒是挺會算帳的。

「那我也要承擔風險啊！如果你的書都賣不動，我豈不是虧的要跳海。」老者攤著雙手。

「呵呵，既然你敢給我一千兩銀子，又分析了這本書的賣點，心裡肯定有譜，那裡有不會算帳的商人，賺不到錢你也不急著找我了。」徐明道。

「好小子，有頭腦。這樣吧，既然你打算寫五本書，我就給你五千兩，怎麼樣夠可以了吧？這可是從來就沒有的事。」老者咬了咬牙道，他深知這個故事吸引度，絕對是有賺頭的，賣點都有了，名人、緋聞、懸念，五本的銷路是沒有問題的，他都算計好了可以分成十本出，這樣就有更大利潤。他的銷售管道遍及天洲的每個城市，賠本是不可能的。

「好，成交。」徐明這才點頭答應下來。

「這是一千兩銀票，你先拿去，五天後你給我全部故事，我給你剩餘四千兩。」老者看起來不顯山不露水，給他一千兩就像給一團紙似的那麼隨便。

望著老者遠去，一旁張一凡簡直有點傻了。

嘴裡感歎著：「乖乖，這一票就是五千兩銀子，你真的讓我佩服。」

「這下同學們的飯票都解決了。唉！這要感謝大院長啊，誰讓他的故事那麼吸引人呢。」

「你就等著大院長傳喚吧，等到書印出來，滿世界談論他的隱私，你小子算是麻煩大了。」連張一凡都替他擔心起來。

「哈哈，這你就不用替我擔心了，大院長早就不在天門，據說到了另外一個地域，潛心修練，就等著突破聖氣師，達到長生不老境界了。」徐明笑道。

「哼哼，反正我有一種預感，你會惹上麻煩的。」張一凡有點擔心。

手裡一下子有了一千兩銀票，這錢說難賺也難賺，說好賺真是這麼容易，他有一種暴富的感覺，這麼多錢一下子就花不完了，學生食堂五百兩就夠了，大筆的錢沒想好這麼花呢！

「走了，我們該回去了。我還要編故事呢！」兩人收拾好錢袋子，現在，這一袋子的銅錢在他們眼裡都顯得不重要了，自己還要接著講下去，算下來，這幾天講書錢也能得到不少呢！

卷四十　疑竇重重

「請問，一個商隊從閃電大陸來，需要多少匹馬，多少輛車來運輸，才能不虛此行？」躺在床上，徐明滿腦子琢磨的都是如何搞到那讓他心動的靈石。

對於賺錢他已經不想了，今天上午一個偶然主意，就為他賺到五千兩銀子，可見賺錢方面他是有天賦的，不用想也能賺錢，就是指他這種人吧。

一旁張一凡苦笑的搖搖頭，他正在閉目養神，對於徐明這種幼稚問題不屑一顧，別看賺錢他行，也有不懂的地方。

「閃電大陸人遠在萬里，據說，他們飲食和文化都和我們不同，而且修練也不同，那裡的人因為常年受閃電淬煉，體格超強，抗擊打能力強，我們這裡的內氣師，拳氣師什麼的就是級別夠高的，放到人家閃電大陸，這樣的人就是一個護衛，雜役而已。」講起閃電大陸的人，張一凡知道的要很多。

「可是，老張，你還沒有告訴我，他們靠什麼運輸東西，不遠萬里，夠辛苦啊！」徐明不得不提醒他。

「額，是這樣的，閃電大陸有一種神奇的東西，叫儲物晶核，表面看起來就是一個水晶盒子，但是打開就是無限大，裡面可以儲存很多東西，他們只要靠一個儲物晶核，就可以走遍天下不愁裝東西了。」

「這麼神奇？豈不是人人都有一個？」

「儲物晶核最珍貴，能儲存東西多，其他修為不高的人有戒指，項鏈，或者核桃大小的儲物盒，打開以後，能儲存少量東西吧，但遠不如儲物晶核那麼多，所以，我猜，他們十有八九是用儲物晶核來運輸的，你就不用瞎擔心了。」張一凡伸了個懶腰說道。

「這麼說，能得到那個儲物晶核，就可以得到他們全部貨物了？」徐明所有所思。

「不錯，只要得到儲物晶核，就可以得到商隊的東西。」張一凡點頭道。

轉而，又瞪著徐明道：「你小子琢磨這個幹什麼，難道想打劫他們不成？就憑你的實力，和閃電大陸的商隊交手根本就不夠資格，那裡面可是有五行師水平的人呢。」

「那加上你呢？」徐明看似開著玩笑的問道。

「加上我也很難，他們的修為絕對讓你害怕，如果能和他們交手比試一次已經是對自己的提升了，你就想他們的修為多厲害吧。」即使張一凡這樣的高手對閃電大陸的高手也是有些忌憚的。

「既然閃電大陸的高手這麼強大，那為什麼不攻擊我們天洲大陸呢？他們可以輕而易舉的拿下來啊！」徐明奇怪的問道。

「哼，要說攻我們天洲大陸也不是那麼容易的，朝廷的勢力也很龐大，學院就有我們天門、諸仙台、星辰海三大學院，高手如雲，再有朝廷的御林軍、禁衛軍、猛虎團，這些都是強大的實力，他們要攻擊也不是那麼容易，另一個重要原因是，閃電大陸的人來天洲不會適應這裡的氣候，同樣，我們也不適應閃電大陸氣候，這樣一來，雙方倒也相安無事，和睦相處，很少有戰爭事從閃電大陸發起。」張一凡道。

徐明點點頭，原來如此。他以為天洲皇朝只有天門一個學府，沒想到，還有諸仙台和星辰海兩個學院。

在這個大陸上，只有學院才是正統王道，代表著正統武藝絕學，其他的門派幫會都是浮雲。那諸仙台學院更是遙不可測，在天洲位面，並不在大陸上，而星辰海學院則是在大海上建立。這兩個學院都高於天門學府，如果一個天門學生成績優秀，則有可能被推薦到更高的學院深造，不過，目前為止，能被這兩個學院看上眼的，近幾年寥寥無幾。

看來要對付閃電大陸的人，有些不大可行啊！

那麼目標就要從打劫閃電大陸的人換成是傀儡門了，等到傀儡門花想容和閃電大陸交易完成，他再動手也不晚。

夜晚時分，他獨自一人出來散步，順便思考怎麼編故事。

一條小河蜿蜒而過，河水在夜色中發出耀目的光芒，嘩嘩的流水聲在夜晚格外的響亮。

「徐明。」忽然間，河邊有兩個黑影。

徐明愣了一下，聲音如此熟悉，心裡禁不住一震。

難道是她？

走過來一看，果然是李如煙，天門的核心學生，她的身後還站了一個人，身材高大，一身黑衣。

「如煙姐姐，你怎麼會在這裡？」徐明有點吃驚的道，他心裡直喊，完了完了，這下計畫全完蛋了，甚至連那個書商後續銀子能不能拿到都難說，沒想到李如煙會追來。

「還不快見過大院長。」李如煙瞪了他一眼，並沒有追究他的意思。

「什麼，大院長？」徐明臉都變了，大院長不是一般人能見到的，今天，怎麼專程來見他？這待遇也太高了吧。

「徐明見過大院長。」不敢多想，急忙過來彎腰施禮。

「免禮吧，你就是徐明?進步飛快的哪一個人。」大院長看了他一眼。聲音清脆，洪亮。

「正是在下。」徐明心裡狂喜，他的名字居然大院長都知道，以後真的是要有發展了啊。只可惜大院長故意影藏了自己，身體和聲音都不是本人。

「你小子簡直是在找死。」李如煙一邊說道。

「什麼？」徐明沒有明白過來，不過是請假下山，罪不至死吧！

「徐明，你確實很危險。」大院長目光慈祥的看著他說道。

大院長身材高大，兩雙劍眉炯炯有神。身上有一股氣息，讓人能感覺到他的威嚴不可侵犯，一種讓人折服的感覺。

「我，我做了什麼事了嗎？」徐明不解的問道。

「我已經知道了，你打算劫持閃電大陸商隊，想得到商隊的靈石，而且還讓張一凡幫你。」大院長說道。

「你今天白天講大院長的故事，大院長也在場，說你講的不錯，只是胡編的地方太多。大院長說，看在你是在為大家籌集銀兩份上就放你一馬，不過以後不要亂說了。」李如煙一旁道。

「啊！對不起，大院長……我不是故意的，只是為了籌集伙食費，現在大家生活艱難。」徐明不好意思低下頭，他想起來了，白天時，是有那麼一個黑衣男只聽故事不給錢，面無表情，只露著兩隻眼睛，現在可以確定，是大院長無疑了。

「你是為了大家，而不是為了自己利益，你的事情如煙已經和我講過了。」大院長和藹的拍拍他的肩膀。

「大院長此番來可不是為了聽你講書的。」李如煙道。

「那是？」徐明有些奇怪的道。

「你在做一件很危險的事，徐明，你真以為傀儡門和閃電大陸交易是真的嗎？」院長直視著他問道。

「難道有假？」徐明愣住了。但不可能啊！畢竟，他是偷聽來的，對方並沒有知道他的存在，難道那天的對話就是給自己演戲，那樣的話，傀儡門改稱演戲門好了。

「確切來說，這個消息是真的，連傀儡門的人也以為是這個樣子，但據我的消息，閃電大陸這支商隊絕對不是一般商隊，他們隊伍裡不少高手，其中內氣師高手有十多個，聖氣境的高手有五個，這些人都非常厲害，此番真正的目的是來滅殺天門，傀儡門不過是引火焚身，正好中了他們的計謀。」大院長說。

徐明眼睛睜的大大的，「什麼？來滅殺天門？我們什麼時候得罪他們了？」他驚訝的張大嘴巴，來的都是一等一的高手，他不過是學徒級別，李一凡是劍氣師，加起來不是去搶劫，而是去尋死。

「閃電大陸的人和天門有過節的只有少林學院，當年閃電大陸的少林學院高手曾經死在大院長手裡，這次很有可能是少林學院的人。」李如煙分析道。

「啊，我們該怎麼辦？」徐明有些蒙了。

「徐明，面對閃電大陸進攻，我們不能坐以待斃，我看的出來，你聰慧過人，這次，就加入我們打擊閃電大陸陰謀的團隊吧。」大院長盛情邀請他來。

「我，可以嗎？」徐明想想，有些不解，畢竟自己是學徒，大院長手下高手如雲，他何德何能。

「我們要祕密進行，儘量不引起皇朝注意，影響太大會引起兩國麻煩。具體怎麼辦，你來想辦法，畢竟，你一直在關注這件事，不是嗎？」大院長道。

「是啊，我們想聽一聽有何高見，徐明，這是對你的考驗。」李如煙笑道。

「可不可以讓我回去想一想。」徐明有些激動，大院長居然如此信任他，讓他來安排這次行動計畫，他也知道，大院長心裡肯定有辦法，只是，給他一個機會，想聽聽他的思路。

「好的，明天一早，我聽你方案計畫。」

「徐明，明天早上見，我們也住悅來客棧。不過是在下等房，不像你高高在上。」李如煙說道。

徐明有些不好意思，自己是不是太奢侈了，大院長屈居下等房，不過這樣也好，可以掩護身份。

看著兩人離去，河水嘩啦啦一路向東。

徐明有些沒有緩過勁來，明明是一場打劫靈石的計畫，卻涉及到報仇，為了天門，他需要做點什麼了。

計畫，可是計畫在那裡呢？他也是茫然。

他沒有回客棧，坐在河邊，看著河水一路向東不復回，一蹲就到天亮。

天亮時候，終於有一些眉目了。

「有辦法了嗎？」回到悅來客棧，寬大的屋子裡幾個起早的人在吃早餐。

其中就有農夫打扮的院長和農婦打扮的李如煙。

「我想，大院長肯定是不想驚動天門高層，才會想悄悄處理，免得掀起波瀾。」一坐下來，徐明就說。

「你很聰明，天門高層很不穩定，分成兩派，鬧起來肯定會引得皇朝注意，到時就不是兩個門派恩仇，很有可能就是兩個大陸之間戰爭。我們天洲大陸和閃電大陸一旦開戰，那將是毀滅性的，天下百姓再無安身立命之地。」大院長深思熟慮，決定低調行事。

「但我的人手不夠，我請求抽調我的同學，這是我要的人，殺手門的寧靜，我的好友王嘉明，秀眉，再加上李一凡老師，我們共同組成一個小隊，這樣，我可以合理調度安排。」徐明道。

「好，我同意。」大院長考慮了一下就答應了，都是新生，抽調出來不會引起大家的注意。

「我來想辦法讓他們來，這個你放心。」李如煙道。

「好，那就等他們來了再說，我去修練了。」

「他還沒有說方案呢。」李如煙想叫他回來質問一番。

「他也許還沒有完全想好，我們需要給他時間，如煙，這是鍛鍊他的機會，事實上閃電大陸的人沒有那麼懸乎，一切盡在我的掌控，我就是想看看徐明的能力。」大院長喝了一口粥說道。

「明白了，大院長，我這就回去叫那幾個同學下山。」李如煙得令去了。心道，看來大院長為了培養徐明不惜親自出面啊！這究竟是為什麼呢！兩人的淵源一定不淺。

一天時間，徐明在靜坐中度過，他的身手已經到了瓶頸階段，再次突破除非有靈石支撐，所為的修練不過是想辦法。

下午時，坐在山頂，就見西方馬路上煙塵四起，幾個人騎著快馬一路疾馳而來。

與此同時，他也看到，天門蜿蜒的小路上，多了些行蹤詭異的人行走在密林深處，哪些似乎是傀儡門的傀儡武士，花想容帶著天門弟子一路下山而來。

這裡真是一個絕好觀察點。

徐明暗自笑笑，一場滅殺戰爭即將開始，他有幸能作為指揮者，心裡分外榮幸，這不是說他有多麼大本事，而是院長給了他一個舞臺。

西面煙塵滾滾，幾匹馬過後，不到半個時辰，就見出現了一支駝隊。駝隊上的人都罩著口罩，面若黃塵，大家沒有說話，一路寂寞行走。

「閃電大陸商隊來了。」徐明仔細的看著遠道而來商隊。

五十匹駱駝，每個駱駝上拖著東西，上面坐著人，每個人都著口罩，很是神祕。

來的高手很多，靠著他的修為，已經能看出幾個傢伙身手厲害了，果然如大院長所說，這幫人來的都是高手，都不是一般人能對付了的。

「寧靜他們想必也來了吧，需要提前回去佈置一下。」徐明起身躍下山嶺，向著桃花鎮走去，不一會兒，就來到悅來客棧。

進了客棧貴賓房，果然，各位同學都來了。

「徐明。」一見他進來，大家都熱情打著招呼。

「你們都來了。」看著大家，徐明有一種見到了久違親人的親切。

卷四十一　好大陰謀

「這次找大家來，是有重要事商量。」徐明對眾人道。

大家都眼前一亮，都是新生，能有重要的事情機會不多。

「如果這件事辦的漂亮，你們幾個人都不需要通過考核可以進入天門學習，並且晉升為優秀學生，待遇和以前大不一樣。」李如煙說道。

「這有什麼難，徐明你說吧，我的殺人瞳一旦睜開，所有的人都是死路一條。」寧靜不以為然的說道。她的實力在新生中確實有目共睹。

「徐明，我的實力你是知道的，一手鐵拳揮舞生風，我好想聽說有什麼盜賊出現。」王嘉明拍了拍胸脯說道。

「只怕沒有那麼簡單吧。」秀眉一雙美目望著徐明。她想念他很久了，這段時間一直為他牽腸掛肚。

「這次來的都是高手，而且修為不低，都比我們高出好幾階，我們只有靠智取而非武力才有希望。」徐明道。

「啊，高出我們好幾階，那我們不是送死嗎？」王嘉明愣住，這好像一個三歲孩子要和成年人決鬥，獲勝機會渺茫，他還以為不過是普通盜賊，沒有想到有恐怖的高手出現。

「啪！」徐明把門關上，對大家道：「現在，我來安排具體事宜。」

「王嘉明，你和張一凡老師在桃花鎮開一個酒館，隨時注意這幫人動向；寧靜，你身手不錯，身手利索，適合搞情報，你要負責打入敵人內部，挖去情報。李如煙，秀眉和我一組，我們負責把他們引到桃花鎮的隨堂會館。據我所知，那是軍方用過的會館，有很多機關埋伏，我們在那裡可以打一個伏擊戰。」徐明將自己想法一一佈置。

大家聽了，雖然不靠武力取勝，但難度係數也挺大，尤其是寧靜，要打入敵人內部，這非常不容易，而徐明和李如煙要把他們引到隨堂會館，更是艱難。

徐明掏出銀票，給大家發了些銀票做費用。

大院長一直在另外一個房間聽著，聽到徐明計畫，心裡讚歎，方案有條理，姑且勝負不論，能想出這麼一個方案來實屬不易，這小子有些謀略。

不過這些閃電大陸的人都是高手，徐明要是把他們一網打盡，這方案也還是有很大的冒險性。院長臉色露出欣慰的目光，微微點頭起身離去。

大家沒說什麼，悄然出門，各自從不同方向走去，按照徐明計畫開始施行。

一隊駱駝商隊在即將進入桃花鎮城門忽然停下。

「領隊大人，怎麼不走了？馬上就可以進桃花鎮了，我們目的地到了。」

一個手下過來不解的問領隊人托馬，托馬身材魁梧，臉色黝黑，身上肌肉暴起，他的修為已經達到聖氣師，一個拳頭就可以讓周圍一片樹木轟然倒塌。作為領隊，他還有一顆睿智的腦袋。

「哈文，我們和傀儡門的交易定在什麼地方？」托馬道。

「桃花鎮，具體沒有說，不過很有可能是郊外，他們已在此地最好的悅來客棧給我們安排了房間。」哈文一臉嚮往，巴不得客棧裡好好睡上一覺，洗個熱水澡，一路走來，辛苦透頂。

「給我們留了房間？只怕這小子想玩我們吧，房間可以住，不過是隊伍中的女人，男人們都留下來在城外駐紮。」托馬揮揮手道。

「什麼，城外駐紮？領隊大人，可是……」

「沒有什麼可是的，難道我的話你不執行了嗎？」托馬臉一黑，哈文只好躬身退下。

「所有的人都聽著，領隊大人有令，在城外駐紮，女人們可以去城裡悅來客棧，一會兒我送你們過去。」哈文大聲說道。

駱駝上人都沉默寡言，好像一個個沉默的殺手。

不一會兒，白色帳篷一個連著一個大概有四五十個串聯一起，在郊外山腳下搭建起來。哈文帶著幾個女人，向桃花鎮走去，這幾個女人看的出來，身手也不低。罩著面紗，很是神祕，她們是此次出行的監軍，托馬把她們打發到了城裡，就是覺得監軍指指點點的麻煩，女人們一走，托馬立即開會，他的帳篷裡聚集了二十幾個高手。

「大家都準備好了嗎？」

「天門學府這次要完蛋了，我們要攻擊他們個猝不及防。」閃電大陸高手興奮的道。

托馬忽然笑道：「攻擊天門，哼哼，天門值得我們攻打的嗎？那只不過是我們偷偷放出的風，我們此番來天洲，總會被人打探，商隊個個都是高手，難免不會引起注意，所以，就編了一個要偷襲天門理由，其實，我們是來尋找明少爺的，經過多年打探，現在可以確定，明少爺就在天門，我們要把他接回閃電大陸。」

「尋找明少爺？那正大光明的來要人多好。」有人道。

「你這個蠢貨，這樣一來，明少爺身份就會被人識破，主人是要低調見明少爺。」托馬瞪了他一眼，明少爺身份不為人知，如果都知道了，很可能會給主人帶來不便。

「當然，如果天門有任何抵抗，主人放話，不介意滅掉天門。」

「那和我們交易的傀儡門該如何處置？」哈文道。

「哼哼，他們早有準備要將我們一網打盡，奪我們的靈石，不過是白日做夢罷了，我的計畫是綁架傀儡門的人，然後大家化妝成傀儡門的人潛入天門尋找明少爺，但凡遇到反抗，一律格殺勿論。」托馬冷笑一聲。

哈文看著頭領大人托馬，眼神裡掠過一絲懷疑，真的是來接明少爺的嗎？首領大人是在故弄懸疑吧！托馬根本就不是主人心腹，如果來接明少爺，一定會派郝蓮來的，她才是主人的心腹，而托馬雖然是主人的人，但一直沒有得到重用，這麼大的事，接主人私生子回去，怎麼會派他來？哈文有些懷疑。

這裡面到底有什麼陰謀？

「哈文，你再想什麼，我的話沒有聽明白嗎？」托馬瞪了一眼哈文，這傢伙越來越不服管教了，在這樣下去該除掉了，正好借著這次外出的機會，除掉一個不聽話的手下，合情合理。

「沒什麼，主人，我忠實的執行您的命令。」哈文躬身道。

「那就好，你去準備一些吃的東西來，大家肚子餓了。」托馬不悅的瞪了他一眼。

「是，首領大人。」哈文忙去辦事去了。

「大人，給點飯吃吧，我已經好幾天沒吃飯了。」剛走出帳篷外，就見樹林裡來了一個髒兮兮女孩，渾身泥濘，就連碗也是泥濘，這還不說，還有一隻眼睛用黑布條蒙著，還是一個瞎了眼睛的女孩，這樣女孩除了當乞丐，好像沒有出路了。

「去，去，我還沒有吃飯呢，哪來的飯食。」哈文不耐煩的說道。

女孩真是個出色的乞丐，不依不饒，一路跟著，很是執著。

「哼！沒有沒有，你如果長的漂亮一點，說不定我心情好會給你一文錢，不過你也太難看了，長的太難看是很難討到錢的。」哈文向桃花鎮走去，他要進城裡買東西，被一個女孩跟著好不鬱悶。

「我長的如果好看，你會不會收我做僕人，每天給我好吃的。」女孩問道。

「當然，哈哈，有一個漂亮女孩做僕人，我當然樂意，不過你太醜了。」

「你說話算話？」女孩子有些激動。

「哈哈，收個女僕有何難。」哈文作為首領助理，負責協調隊伍的一切人物，他的辦事能力還是得到托馬賞識的。

「你等著。」女孩說完頭也不回的走了。

「哼哼！知道什麼是自卑了吧！」

「噗通！」只見女孩在一條清澈小河裡跳了下去。

「唉！這是何苦，非要跳河嗎？不過這樣的女人活著真不如死了，每天討飯生涯想必很艱難。」

哈文搖搖頭，心裡感慨。

「主人。」還沒有走出一百步，只見前面出現一個水靈靈女孩，除了一隻眼睛蒙著黑布，身上濕漉漉的，但確實比剛才不知道漂亮了多少，臉上的污子斑點，那個歪嘴都不見了。不得不說，是個大美女，而且，那蒙著的眼睛更多了幾分神祕感。

「你就是剛才的那小乞丐？」哈文不敢相信。

「是我啊，你說過，要收我做女僕。」女孩道。

「真沒有想到，你竟然是污泥下的美女，這個女僕我收了。」

「你叫什麼名字？」

「寧靜。」

「好，寧靜，和我去鎮上採購東西，我需要幫手。」哈文背著手，帶著新收女僕進了城。

張一凡和王嘉明在城裡開了一個酒店，銷售各種美酒。

見到哈文走來，身後跟著寧靜，王嘉明急忙過去打招呼。

「客官，來買酒嗎？我這裡有上好的女兒紅、賴茅、越女紅。」他報著一連串的酒名顯得很專業。

「我再轉轉。」哈文不想決定。

「主人，這家是桃花鎮最好的酒館了。」一旁寧靜說道。

「我們還管送貨上門，只要您要的多，價格好商量。」王嘉明道。

「唔，最好的了嗎？那就給我來上二十罈，要女兒紅，送貨上門。」哈文點頭答應了。

「好嘞，我這就給您準備。」王嘉明高聲道。

與此同時，寧靜悄悄湊到扮作酒保的張一凡，「老師，車上放二十罈酒，分兩層，下面的十罈加蒙汗藥。」

「明白。」張一凡會意，蒙汗藥加進去，在厲害的高手也一時半會兒排不出去，到時，他們戰鬥力就會減少一半。

接著，哈文繼續往前走，採購了一大批食物，牛羊肉，自己要了四個菜美美吃了一頓，讓他的新僕人飽餐一頓，隨後，兩人帶著滿足的神情，採購的東西放在王嘉明驢車上，一併給送到了城外的帳篷裡。

城外那幫人都要快餓瘋了，終於等到了美酒美食，一邊吃著一邊還罵著哈文偷懶，半天才送來食物。

「主人，先喝這十罈酒，下面留下來明天喝吧，一次喝完多浪費。」寧靜道。

「好，這幫人，有多少酒都能喝完，就按照你說的做。」哈文點頭道。

「他們來了五十個人，其中高手二十個，其餘都很一般。那個粗胖的人叫托馬他是這裡的頭兒，聽說，悅來客棧還住了幾個女人，身份神祕，誰也不知道來者的身份。」寧靜將打探的消息通過酒保及時的傳送給了徐明。

天黑時，王嘉明等著收酒罈。寧靜可以進去自由出入，在眾人喝酒時，將能瞭解的情報都摸清了。

「他們的具體行動時間掌握了嗎？」

「還沒有，不過，喝酒的時候聽說是為了一個人而來的。」

「什麼？不是為了報復天門嗎？怎麼又變成了為一個人？」王嘉明驚訝的問。

「不知道，也許，不過是放出去的風吧，我隨時打探。」

「好，你要小心，我回去報告徐明。」

王嘉明趕著馬車走了。

悅來客棧。

夜晚寧靜，幾隻貓頭鷹在樹上發出咕嚕嚕聲音，眼睛敏銳盯著周圍可疑一切。

房間裡，徐明神色肅穆。

屋子裡坐著李如煙、王嘉明、李一凡和秀眉。

「什麼？他們是為了一個人？到底哪個準確。」徐明琢磨不透，閃電大陸的人果然厲害，僅僅一個行動就放出很多風來，讓人不知道他們究竟來幹什麼的。

「不錯，寧靜打探他們來天門是為了一個人。」

「這個人是誰？知道了嗎？」李如煙問道。

「不知道。」王嘉明搖搖頭。

門嘎吱一聲，大院長進來了。

「你們說的我都聽到了。」大院長臉色肅然，也有些苦悶，這樣看來，自己情報是不準確的。

「我們天門有什麼人會驚動他們。」大院長眉頭緊鎖。

回過頭問徐明：「徐明，這件事你怎麼看。」

「院長，我覺得這裡面有一個驚天祕密。」徐明道。

「嗯，你的推測很準確，不過是什麼祕密呢，那個人又是誰？閃電大陸的人，果然有些手段，雲山霧罩。」連院長都感到頭疼了。

「院長，我看，我們先等傀儡門和他們接頭，然後動手不晚。」徐明想了想，眼下需要靜觀其變，以不變應萬變。

「好，就按你的意思辦。」院長點點頭。

「對了，悅來客棧住進三個女人，她們是閃電大陸的吧。」院長問道。

「不錯，他們就來了三個女人，其餘大部隊都住在城外。」徐明道。

「需要把他們請進城裡來才好辦啊。」院長道。

「我想辦法。」徐明道。

「好，一切由你定奪。」院長欣慰點頭，推門走了。

「大家都休息吧，我們要等傀儡門行動。」徐明道。

大家都很睏了，各自告別，出了他的房間。

「徐明，注意休息啊！」秀眉最後走，動情的看了他一眼。

「知道了。」徐明微笑的看著她。

他們剛走，徐明鋪開紙張開始寫起大院長的豔情來，都是瞎編，不過也的有理有據，書商還等著呢，這不，他一天沒有寫，這傢伙就坐不住了，親自來悅來客棧，督促他寫作進度。

卷四十二　暗中交易

「大家都準備好了嗎？」傀儡門的花想容帶著一幫手下來到桃花鎮。

「準備好了。」一幫手下齊聲回答，當然也有不會出聲傀儡，靜默立在牆上，等候著機關開啟。

「今天晚上我就和閃電大陸商隊接頭，到時，你們埋伏樹林裡，等我一聲令下，你們即刻現身，將那些商人一個不留全部殺死，然後我們獨得靈石，至於給他們的妖核，也不會讓他們帶走。」花想容道。

「副門主，會不會其中有什麼高手？」有人不安問道。

「一個商隊，有什麼高手，再高的高手也不會逃出我的掌控，放心吧，這個商隊我們早就聯繫好了，不會有什麼問題的。」

傀儡門的一個弟子長出了一口氣說：「既然來的不是高手，那就好辦了，殺人傀儡門還是沒少做的，只要不讓大院長知道，想怎麼幹就怎麼幹。」

「大家養精蓄銳，等通知。」花想容推門離開了。

大家目送著他的背影，感到的是他身上那種神祕莫測。

第二天，徐明站在山頂，閃電大陸那連綿帳篷就在遠處山凹裡，往前就是桃花鎮西門，門上幾個衛兵無精打采的打著哈欠，站崗放哨。

風是東風，在山凹裡打著旋兒。

好風！他忽然心裡透亮，想出了一個絕妙的主意，既然閃電大陸人不肯進城裡，只有一個辦法可以讓他們進城，那就是火攻。

火燒連營！

看著眼前陣勢，連綿營帳，搭建在順風口山凹裡，採用火攻最合適不過了。

「好，就放一把火，逼他們進城。」

徐明想到做到，立刻準備放火。

放火非常簡單，找一隻大山鼠，肥的流油，在它尾巴上綁上耐燃檸條，上面綁大塊的動物油脂，樹林裡很容易找到動物屍體，掏出油脂就可以。然後點燃檸條，一開始就是冒煙，大肥鼠受到驚嚇和疼痛，一路向前跑去，火勢越來越旺。等到跑進那連綿大營已是大火燃燒。

做完一切，徐明躲在小樹林裡，看到眼前一切，悄然一笑，離開了。

「著火了，著火了！」營帳裡亂作一團，起初不在意，沒想到一座營帳燒著了，很快就燒到另一處營帳。不一會兒，火勢裡天，即使神通再大高手也無能為力，看著火勢繼續蔓延。

一路燒下去，只把所有的營帳燒成一堆焦黑的廢灰。

閃電大陸的人雖然沒有受到什麼傷，但這場大火卻讓他們居無定所。

「他媽的，一定是有人故意放火。」有人憤憤地道。

「也不盡然，現在是深秋，天乾物燥，正是大火的發期。」有人也道。

只有托馬不吱聲，看著一片狼藉，他的臉微微抽動幾下。

「首領大人，我們該怎麼辦？」哈文過來請示，不能就這樣住下去吧。

「去桃花鎮找客棧住吧，也許天意如此。」托馬長歎，這麼多人要過夜，不去城裡住還能幹什麼。

「我這就去準備。」哈文盤點了一下人數，琢磨著需要多少間房間。

「這裡還有十罈壇酒沒被燒呢！」寧靜從一個帳篷廢墟走來。

「哈哈，美酒還在，說明天不滅我，回頭擺上大家一起喝掉。」托馬笑道。

大家都在廢墟中找了一會兒，帶著各自東西，隨著哈文安排來到桃花鎮。

桃花鎮繁華熱鬧。

很多閃電大陸沒有的東西這裡應有盡有，一行人走進來就被異常熱鬧的街景吸引住了。「爺，這是要去那裡？」王嘉明在酒館門前見到哈文，笑著臉過來打招呼。

「找客棧，這裡可有好一點的客棧。」哈文問道。

「悅來客棧啊，桃花鎮最好的客棧了。」

「除了悅來客棧呢？」

「那就是舒適客棧了，他們那裡也不錯，設施齊全，房間舒服。」王嘉明說道。

「好，多謝。」哈文已經有了主意，直奔舒適客棧。

舒適客棧，女老闆已經換了人，正是美貌如花的李如煙，徐明算定多疑的托馬肯定會選擇舒適客棧，早將客棧包下來，老闆娘也被請走三天，這三天裡客棧就是他管，老闆娘自然樂意，又拿銀子又不用管，坐等收錢，何樂不為。

當然，徐明除了監視他們外，還外帶賺上一筆錢，他才不會做虧本的生意。

將每間房費提高了一倍。一間房價，雖然貴的離譜，但哈文還是咬牙承受了，沒有比這裡更合適的地方了。

李如煙做老闆娘，自然把這些人動向監視的一清二楚。

現在，徐明眼線到處都是，內有寧靜，街上有王嘉明，現在李如煙又靠近了他們，可謂有風吹草動，他都瞭若指掌。

大院長這幾天似乎有什麼心思，他是一個高深的人，不會在一個地方久居不動，而且，修為高深，傳說中的仙人，現在卻是像宅男一樣在悅來客棧住下不走。誰也不知道他心裡想什麼，不過肯定的是有個巨大問題困擾著他，以至於他難得有笑容。

徐明心裡也奇怪，既然可以排除閃電大陸對天門襲擊，大院長愁什麼？難道是在猜測閃電大陸要來殺什麼人，那個人肯定是一個高手，威脅到了閃電大陸存在，這才派人來殺的，天門人有上千，高手很多，背景複雜，誰知道他們要找的是誰，眼下，只要盯緊了這些人，線索就會有的。

托馬一到客棧立刻召集眾人在他房間裡。

李如煙輕手輕腳端著一壺茶走過去，想聽聽這幫傢伙要幹什麼。但還是被發現了，閃電大陸的高手們果然名不虛傳。好在她是老闆娘，有最好的藉口，給大家送茶水來了，沒有引起什麼懷疑。

而這樣等級的祕密會議，作為哈文的僕人寧靜自然沒有資格，她被告誡老實在房間裡待著。

「首領大人，今晚我們是不是該行動了。」一個白鬍子露出真面目，他的臉上之前蒙著一塊布，現在去掉蒙面布，已經是一個白髮蒼蒼老者，渾身散發出強大氣息，讓人不敢靠近，一看就是高手。

李如煙扭著屁股唱著小曲兒回到客棧前臺。

化作店小二的徐明上場。

「高手很多，氣息強大，我們根本就不是對手。」李如煙低聲道。

「他們下一步計畫搞定嗎？」

「根本無法靠近，我的修為，腳步比貓都輕都會被發現，如果用內力悄無聲息的去，只怕就會露出馬腳。」李如煙道。

「沒關係，一切都要靜等，不過也要讓大院長做好佈局，天門防衛要加強了。」徐明說道。

「放心，大院長已經佈置，天門的防守是最強的，四大長老值守，而且，執行任務的都是內院的人，大院長對外院的人有些想法。」李如煙道。

「這幫傢伙早就不合適在天門待下去了。」徐明不屑道。

「這不是你說了算的，大院長說了也未必算，這是當初天洲皇帝定下的，共同抗擊敵人，共同發展，卻不料現在是互相敵視。」李如煙苦笑。

「不說了，等候下一步消息吧。」徐明心裡暗暗發誓，如果有朝一日他有實力，一定要把外院的人趕出天門，還天門一個清淨之地。

房間裡，托馬進行詳細地佈置。

今晚就是和傀儡門見面交易，一定要做到滴水不漏，將他們全部滅殺，然後化妝成天門的人，潛伏進天門，尋找明少爺。

「明少爺到底長什麼模樣？」有人提出疑問。

「天門數千人，要知道明少爺談何容易，我們沒有明少爺畫像啊！即使打下天門，也未必能找到他的下落。」

「是啊，這件事就是難點。」

眾人七嘴八舌的議論起來，話題都是為了如何能找到明少爺。

「有一個人知道，我們將他拿下，就可以知道明少爺下落。」托馬臉上浮現出一絲獰笑。

「誰？」

「天門的大院長羅魂天，只有他知道明少爺是誰，明少爺在什麼地方。」托馬道。

「羅魂天？聖氣境修為的高手，我們要想戰勝他，不是那麼容易，更何況天門高手有很多。」大家都有些顧慮。

「這次行動，我有個情報，據說天門外院不入羅魂天法眼，一直想除掉外院，我們正好借這個機會和外院的人合作，壓倒羅魂天，打亂天門秩序，到時，找到明少爺就很簡單了。」

「首領想法果然與眾不同，太好了，我們今天就化作傀儡門的人混跡進外院，然後先和外院人聯手。」哈文興奮的道。

「不錯，獨幕長老，今天你就是行動的頭目，滅掉傀儡門，劫持他們頭目，然後帶著我們的人混跡進去，找到外院院長，說出我們想法，如果他配合還好，如果不配合就地殺掉，我知道他會配合的，我們有大量靈石，這也是他們夢想中要的東西，一舉兩得，他們不是傻子。」

那個白鬍子，目光中有殺氣的獨幕長老點點頭，「我聽你的，你是這次行動的負責人。」

「錯，我是代表主人，這是她的意思。」

一聽到主人兩個字，獨幕長老服氣，「既然是主人意思，我義不容辭。」

「好，今晚看你們的了。」

會議開了一個時辰，終於結束了。

「首領大人，悅來客棧還有三個女人，要不要接過來一起住，這樣也好安排。」哈文過來請示。

「不用」，托馬舉手制止：「那三個女人是主人婢女，負責這次行動監軍，就讓她們舒服的住在那裡吧，她們懂什麼，還監軍，主人真可笑，又不是發動戰爭，有我托馬一個人就可以。」托馬背手而立，臉上全是冷笑。

「是。」哈文疑惑退下了，心道，主人派監軍肯定是對托馬不放心，但她想不到，監軍徒有其名早被架空了。

「這次心動的計畫到底是要帶明少爺回去，還是別的？他有點搞不清，不到水落石出那一天，所有計劃都裝在托馬腦袋裡，除非鑽到他腦海神識裡問個清楚，不然，就是殺了他也沒有用，托馬究竟打的什麼主意？」

「哈文，老老實實辦事，回去我會給你升官的，你如果對我不忠，很有可能回不去閃電大陸了。」托馬好像看穿了哈文的心。

嚇的哈文打了一個哆嗦，「是，主人。」

「還有，你收的那個女僕，我覺得非常可疑，她似乎不是瞎子，而且身手不錯，你要當心，她要是壞了事你就提人頭見主人吧！」

「在下一定會去多加防備，如果有問題一定會提前滅掉隱患。」哈文忙道。

「你下去吧！」托馬揮揮手。

卷四十三　神祕女人

那女孩就究竟是什麼人？真的是一個小乞丐嗎？哈文也覺得可疑。

不行，必須把她打發，哪怕是一個晚上，我要驗證一下。說實話，哈文還是挺喜歡這個女孩的，冷漠中透著一股子倔強，這樣的女孩讓他心動。回來房間，哈文想了一個理由，就把寧靜給打發了出來，要她去悅來客棧照顧那三個女人。

寧靜好不無聊，這是什麼狗屁任務，讓她照顧三個女人。

來到客棧，徐明也在。和徐明一說，徐明靈機一動，想要見識一下這三個女人，最重要的是要從她們嘴裡套出什麼情報。兩人去了三個女人的房間。

「叩，叩！」寧靜敲了幾下門。

徐明化妝成酒樓的夥計，提著一盒上好食物。

門敲了好一陣，終於開了。

「你們是什麼人？」門縫裡的眼神充滿疑惑。

寧靜笑道：「三位辛苦了，我是哈文女僕，這是他的權杖，他讓我來照顧三位。」

女人接過寧靜手裡的信物，哈文權杖啪的一下捏碎了，權杖上傳來了哈文聲音，三位，我是哈文，來的這個女孩叫寧靜，是我專門來叫她服務三位的，寧靜對桃花鎮很熟，三位要是去個什麼地方，有了她就是一個好的嚮導。

聽到權杖上傳來的聲音。那是凝氣而成的聲音，哈文修為不低。

「小青，讓她進來吧。」屋子裡有個女人道。

徐明也跟著走進來，寧靜道：「這是桃花鎮最好的酒樓桃花樓做的一些點心，我特意帶一份請三位嚐嚐。」

徐明走過去將食盒放在桌子上。然後打開，一股清香撲鼻而來。

寧靜小心的捏起一塊春餅，自己先吃了一口。

「這個小妮子，倒是善解人意。」小青誇了她一句。

床上紗簾撩起，裡面一個年輕女子，長的非常好看，大概二十幾歲，臉上蒙著輕紗，但也能朦朧的看清楚長相。

「主人，您請。」小青拿了一塊餅子遞給她。

「味道不錯，我已經有十幾年沒有吃過這麼好吃的東西了，天洲大陸的食物是最讓人懷念的。」女子很有感觸的道。

「小青，對外我們是監軍身份，不要稱呼我主人。」那年輕女人說道。

「對不起，我習慣了。」小青無奈的一笑。

「孩子你是哪裡人？」忽然，年輕女子目光落在徐明身上，眼神一亮。

「他是桃花樓夥計，等下拿走食盒，你們想吃什麼東西他也可以及時送來。」寧靜急忙說。

「暫時不需要了。」年輕的女子看著徐明的龐，徐明覺得有些異樣，她怎麼這樣的肆無忌憚盯著自己看。

「我有一種似曾相似的感覺。」年輕女人苦笑一下。

「你們下去吧，需要時再找你。」小青將寧靜和徐明三兩句打發了。

「我就住在樓下，您需要的時就叫我一聲，隨叫隨到。」寧靜道。

「知道。」小青已經是在送客了，寧靜只好和徐明走出來。

「徐明，你怎麼看？」走出來，寧靜問道。

「這個女人很可疑。」徐明道，「也許裡面有一個驚天的祕密。」他忽然覺得，這個女人似曾相識，好像是那天他說書的時候那個神祕的黑衣人，不過他並沒有什麼證據。

「為何這麼說？」寧靜好奇問道，至少在她來看，什麼也看不出來。

「很簡單，她的身份可疑，在內和兩個婢女貴賤之分，在外統一口徑一律平等，這就說明，她要隱瞞什麼。再次，她得不到托馬信任，連監軍也不讓她參加。」

「聽你這麼分析頭頭是道，好像是有那麼一點道理。」寧靜點點頭。

「徐明，接下來我該什麼辦？」寧靜又問。

「既然哈文把你打發這裡來了，說明他對你是提防的，你就住在這裡，盯著那個女人，別的什麼也不用管，他就不會懷疑你了，而且，我覺得這個女人可疑，盯著她也許能有所收穫。」

「徐明，你越來越厲害了。」寧靜佩服望著他，這段時間，徐明進步飛快，不但是武功上，心智上也成熟的很快，他來了門當班長以後，似乎就和過去幼稚脫離關係，越來越成熟了。她很少有佩服的人，徐明算一個。

「我回去了，你早點休息。」徐明還惦記著要晚上寫稿的事，這些天，諸多事把他忙的焦頭爛額。

夜晚時分，傀儡門準備妥當，就等著閃電大陸人來了。

交易地點改了又改，一晚上換了三個地方，最後雙方終於都達成一致，在悅來客棧前面的小河旁做交易。

夜色中，閃電大陸十幾個人帶著靈石，靈石一律用麻袋裝，扛在肩膀上，來到小河邊。傀儡門的花想容出現了，他只有幾個隨從，身後拉著一輛馬車，馬車上裝著幾個箱子。

「是傀儡門的人嗎？」黑暗中一個老者警惕的問道。

「你們是閃電大陸的商人？」花想容問道。

「不錯，我們的東西帶來了，你們的東西呢？」對方問道。

「當然，馬車上好幾箱妖核呢，讓我來驗驗貨吧。」花想容說道。

老者扭頭，示意，一個小夥子打開一個麻袋。

「不錯，不錯，成色極好的靈石，閃電大陸東西果然是好東西，都帶來了嗎？」

「都帶來了，一共五麻袋。合計三百塊。」那人麻利的報出數字。來者正是獨幕長老。

「哈哈，妖核我當然會給你的，不過只怕你們拿不走了。」花想容啪的一聲打開摺扇，一臉奸笑。

獨幕長老一臉驚訝，「你想獨吞靈石嗎？不要忘記了，我們可是閃電大陸的人。」

「你就是天上的神仙，今日老子也要定了。你的修為似乎不低，不過就你一個高手，我不會放在眼裡。」花想容道。

「唰！」閃電大陸人抽出護身匕首，獨幕長老什麼也沒有，兩手空空，卻是一臉鎮定。

花想容手中摺扇一收，身後叢林中站起來數百人影。

「哈哈，你們被包圍了，儘管你們一再換地方，非常警惕，但我要告訴你們，我用的根本就不是人，而是傀儡武士，根本就不會有一絲人的氣息，連走路都不會發出聲，所以，你們根本就不知道會被包圍。」花想容得意的笑道。

「你這個卑鄙的小人，果然要算計我們。」獨幕長老怒罵。

「老頭，可惜你知道的晚了，我為什麼不算計你們，吞了你們的靈石多好的事啊！你有什麼冤屈去陰曹地府和閻王老子說吧。」

花想容一閃身就不見了蹤影，身法快的驚人。

「放箭。」空中傳來了他的命令。

「嗖嗖嗖！」冷箭滿天飛，冰冷的箭交織成箭網，將閃電大陸的人包圍。

「啊！我的眼睛。」

「我的腿。」

一時傳來很多叫喊聲，不一會兒，一輪箭過去，周圍沒有動靜。

難道這麼快就都死了，那個高手也死了？

「傀儡武士，偵查。」他命令道。

「唰唰唰。」十幾個傀儡武士身法飛快的走過來，排成一字，每個屍體上都要砍上幾刀。

「砰砰！」只聽到凌厲的拳風在夜空中爆響。

前來偵查的傀儡武士被對方一拳打爬在地上，即使是強大僵屍修練而成，也經受不住對方的一拳。

夜色中，傳來獨幕長老冷笑聲：「小子，你把我們想的太簡單了。」

「花門主，他們根本就沒有死！」花想容耳邊傳來手下們驚恐叫聲。

「閃電大陸的人果然厲害，密集箭雨都奈何不了他們，好在我早有準備。」花想容冷哼了一句。

「給我扔煙土。」煙土是傀儡門的一種炸藥，他們的暗語稱為煙土。這種東西威力相當猛烈，一個煙土就可以炸死一隻牛。

隨著花想容一聲令下，每個傀儡人背後腰間露出兩個煙土來。

「轟，轟！」劇烈爆炸聲震的地面顫抖，火光四起，一聲聲慘叫傳來。

「哼，這下你們算是完蛋了吧，我的煙土可不是好惹的。」花想容露出了得意神色，閃電大陸人再有能耐，也禁不起猛炸。

就在剛才還唧唧歪歪的聲音徹底的消失了，天空中有一道影子也被冷箭射下來。

一切似乎都已經是定局，包括那個什麼高手也死在炮火之中。

「找靈石。」花想容道。

手下沒有幾個敢進去，他並沒有在意，這些人留著還有用，既然不願意進入，也不為難，反正要他們去死的機會太多太多，他手中握著一把筷子。

筷子一揚，插進了幾個僵屍武士腦門後。

「給我搜，遇到活的一個不留。」花想容話音剛落，五個僵屍武士已經木然的來到戰場。

幾個僵屍武士梳頭發似挨個梳理，連一個活的都沒有發現。

木訥的站在那裡，等待主人下一步命令。

「威力這麼大，一個活的都沒有？」這些人也太不濟了，幾個煙土就給炸的死翹翹了。

「你們幾個給我進去搜。」這一次他動用了手下。

看著花想容冷峻的面孔，待在這裡也有被滅的危險，還不如進去划算。

幾個手下冒著煙霧濃濃，走進戰鬥場地。

「奇怪，這些僵屍武士怎麼不會動了？」一進來，幾個傀儡門的弟子發現，被操控的僵屍武士失靈了，看似木訥等待其實是對他們失去控制。

「副門主，再操控一下僵屍武士。」一個手下道。目光裡流露出了驚恐神色，他的瞳孔裡閃過一道銳光，人已倒下，連什麼東西殺了他都不知道就莫名其妙的上了西天。

「回！」花想容手中筷子靈活舞動，那上面有一根金絲細線，水火不侵，用來操縱僵屍的，這就是傀儡門獨門祕笈。

「奇怪，怎麼沒有反應。」花想容臉上掠過驚訝。

「唰！」忽然間，眼前白光閃閃，宛如閃電一般銳利，身邊幾個手下瞬間跌倒，連痛苦的聲音都沒有，花想容站在那裡，手足無措，目光驚訝。回頭看去，有一把快刀插進了他的胸膛，奇怪的是並沒有刀的存在，只是一個血窟窿，彷彿被穿透了似的。

地面上站起來幾個人，看起來毫髮無損，獨幕長老冷笑的看著花想容：「就憑你們傀儡門的三腳貓的功法就能難住我閃電大陸的高手，你們也太自負了吧。」

「乖乖，一個也沒有死，都是從地面上爬出來的，難道剛才我轟炸時這幫傢伙鑽到了地底下。」花想容心裡驚歎。

瞳孔中忽然飛來一把銳利的匕首，他剛想躲，已被刺中。

疼的他牙關緊咬，面色蒼白，「傀儡門果然沒什麼高手，沒有一個能和我交手的人。」獨幕長老走過來，很是看不起的表情。

花想容突然明白過來，自己不過是中了人家的局。同時，也看到，那把穿透他肩膀的匕首其實並不是真實兵器，而是一道劍氣，或者說一道閃電。閃電大陸人果然厲害，竟能把閃電鍊出匕首做暗器，這樣的實力真是恐怖。

「你們想幹什麼？」花想容疼的臉都扭曲了。

「很簡單，你和我們配合，留你一條活路。」獨幕長老道。

「怎麼配合？」花想容道。他看到，妖核被對方的人趕著馬車走了，人家的靈石也被拉著回去了，一番折騰什麼也沒有得到，不知道如何和門主交代了。

「很簡單，我們化妝成你的人馬，你帶著我們混進天門，我們要見天門外院院長。」

「你們這麼厲害，自己去見不就是了嗎？」花想容苦笑。

「哼哼，你以為我不知道，你們大院長羅魂天早就得到消息，天門四大長老都下了禁制，如果有你的帶領，我們就可以額繞過四大長老。」白鬍子老頭笑道。

「果然是好計策，先誘我們上鉤，然後讓我帶你們回去，這樣一來，沒有人會懷疑你們了。」花想容終於想通了，對方為什麼要和他交易。柿子先撿軟的捏，自己不過是對方眼裡的軟柿子罷了。

「可惜，你知道的太晚了，不過不能怨我們，是你們見利忘義，還想滅殺我們獨吞，你也太陰險了。」白鬍子老頭笑道。

「好，我帶你們去，快給我療傷吧。」無奈之下，花想容只得妥協，他孤身一人，手下死差不多了，不妥協就是死路一條，他是個聰明人，最懂關鍵時刻保命。

卷四十四　懸機之外

獨幕長老吩咐道：「換衣服，我們隨花副門主去天門。」

幾人三下五除二，將花想容手下得衣服剝光換上了身。

「走吧。」花想容倒是服氣，反正天門不是他的，領著一幫悍匪進去，鬧騰天大，和自己也沒有關係。

一幫人換好衣服，看起來沒什麼破綻。剛走出小河邊，就見前方來了幾個人。

「是花副門主嗎？」來人問道。

「徐明，怎麼會是你？」花想容驚訝的問道。

身後，那幾個人倒是坦然，看見來的幾個都不過是些孩子，沒什麼在意，大不了再殺幾個罷了。

徐明帶著秀眉和王嘉明趕來了。

「我是奉大院長命令，他說有要緊的事找你商量。」

「大院長？哈哈，你開什麼玩笑，就你的資格也能代表大院長？」花想容笑起來。

「我不能代表，你能嗎？總之，話我是帶到了，去不去就是你的事了。」徐明說著將一面權杖扔給他。

花想容接過來，一捏碎權杖，只聽權杖裡一個聲音響起：「花想容，本尊在桃花鎮隨堂齋等你，有要緊的事要問你，見到此命令速速趕來。」

果然是大院長的聲音。

花想容有點為難了，不知道院長找自己什麼事，他身後一幫人都不是自己人了，過去可是個大麻煩。

「隨堂齋？你知道大院長找我什麼事嗎？」花想容鎮定下來問道。

「不知道，不過聽說是要你參與抗擊閃電大陸的人吧。」徐明道。

「知道了。」

「知道就好，我先走了。」徐明傳達完命令扭頭就走。

「是不是我們被發現了？」獨幕長老化妝成了他的手下，身穿軟甲，頭戴斗笠，根本就看不出他是誰，尤其是黑暗中。

「我不知道，不過，我想不會。如果看出來，大院長就會親自過來滅殺你們。」鎮定了片刻，花想容說。

「好，那就去。」獨幕長老隨花想容一起去。既然天門大院長有請，如果不去，肯定會被懷疑到的，去了他藏在暗處，只是個小嘍囉，不會引起大院長的注意。

同時，身後做了一個手勢，請求支援。一個手下看到他的手勢，神祕消失在夜色中。

現在他們只有十幾個人，如果真的遇到高手，簡直就是陪葬，還需要加強人手才有勝算，尤其是面對天門學院的高人。

「果然來了。」徐明心裡長出一口氣，之前他設計過好幾套把敵人引進隨堂齋的辦法，但都覺得冒險太大，對手會發現，但這次一定不會引起對手懷疑，他雖然已經知道對手混跡在花想容的隊伍裡，但隻字不提，目不斜視，針對花想容一個人，由他來把對手引到隨堂齋。

隨堂齋是一處軍事基地，裡面佈滿各種機關，之前，他細心研究過了，有院長出面，也得到了軍方人幫忙，還派來幾個幫手協助他。如果把對手引到隨堂齋，施展機關就是事倍功半。

而就在獨幕長老通風報信，回去增加人手，帶信的人回去，看到的場景是眾人都在開懷大飲，原來，托馬得到消息，他們順利掌控了花想容混跡進開往天門的隊伍中。

大家都覺得應該慶賀一下。

這時候，哈文僕人寧靜說，還有十罈酒沒有喝。她是回來向哈文彙報那三個女人情況的。

大家一聽十罈美酒不喝是暴斂天物，於是，搬來大喝，李如煙一聽他們要喝酒，免費送了一桌子菜肴，這幫人喝的不亦樂乎。

獨幕長老手下回來說要去隨堂齋。

李如煙就知道徐明的計成功了。

托馬聽過以後，覺得沒什麼問題，當下讓那個人帶走十個高手，有了這十個高手，即使是大院長也不可能將他們滅殺。

於是，那個傢伙帶著十個高手去隨堂齋，但又不知道是那裡，好在有哈文的僕人寧靜在，大家讓寧靜帶路一起去隨堂齋。

寧靜心裡高興，去的雖然是十個高手，但喝了酒裡蒙汗藥，去了也是白費，戰鬥力不強，這無形中給徐明減少了許多壓力。

黑暗中，花想容忐忑不定，他來天門有些年頭了，這是第一次受到大院長的接待，之前，他連和大院長說話機會都沒有，世道變得可真快，大院長要見他，這到底怎麼回事兒。難道大院長已經知道閃電大陸要來的消息。

隨堂齋在桃花鎮東，一處寬大院子，四合院遠離市井喧鬧，後院一片樹林，左邊一片耕田，四合院坐落其中，享受田園風光，宅院名字起的也好，文雅之氣十足，誰也不會想到這裡是軍方一處重地。

之前，很多有頭臉的人物都命喪於此，吃完人生中最後一頓美餐，在隨堂齋了卻罪惡一生。

一行人，帶著各自的疑慮，走到緊閉的大門，大門前掛著兩盞紅燈籠。大門無人開啟，在眾人腳步聲到來，即將踏上臺階時，大門吱呀一聲打開了。院子裡有幾口黑色大缸，缸裡盛滿了水，人的腳步走來，大缸發出嗡嗡迴響。

正面一排屋子大概有五六間，亮著燈，院子裡掛著燈籠，一連串的紅燈籠通過屋簷掛滿院子，院子裡明亮喜慶，給人一種放鬆的心情，之前的擔心被這愉悅氣氛衝擊下，都減小了不少。

正房大門忽然打開，開門的是徐明。眾人都愣了一下，沒有想到這小子夠快的，他們已經很快了，這小子竟然超出了他們的速度，看來修為不低。

獨幕長老一道銳利的目光射在徐明身上，從他的骨骼氣息看了個遍。心裡驚訝，這小子，別看年紀小，修為不低，至少也是內氣師的修為了吧！怪不得大院長用他，這小子用好了將來很有可能是個天才。

「諸位，大院長請。」

屋子正牆上掛著一幅畫，一隻猛虎下山，北風呼嘯，樹木摧殘。畫的兩邊掛著一幅對聯，寫的很生猛，左邊寫的是：除魔衛道手起刀落一樣我佛慈悲，至於右面，燈光昏暗，再加上距離太遠，獨幕長老沒能看清楚，不過能看到這一句，心裡已經一驚，這裡是什麼地方，怎麼在文雅的氣息下，掩蓋的卻是血腥。

花想容沒有說什麼，心裡琢磨，這小子爬得好快，竟然被大院長看中。

屋子左右各擺著一長溜椅子，進去隨便坐。

花想容坐在左右的下方，靜靜等待大院長到來。

其他人等都挨著他的首坐下。

徐明走了，大院長沒有來，一直等了大概半個時辰，就在大家都忍不住時。只聽到外面一聲咳嗽。

低沉步伐走了過來，看似沒有力道，輕飄飄毫無氣勢，但一等他走進來，身上散發出的那股氣息，絕非一般威嚴氣勢，比之威嚴是和祥，如祥雲進來，帶著一股仙人氣息。讓人仰慕不已。

片刻，周圍寧靜無比。

花想容急忙過來參拜：「弟子花想容拜見大院長。」

「起來吧！」一雙溫暖的手將他扶起來，頓時一股暖流讓花想容如沐春風。

「你們大家都起來吧。」望著一屋子的人都在參拜，有的當然是裝模作樣。

「花想容，我找你來，是要和你商量件事情。」羅魂天在上首坐下來道。

「大院長請指示。」花想容忙道。

「我聽說你要和閃電大陸的人有個交易？」

花想容渾身一震，道：「確有其事。」

「你知道這幫人是什麼身份嗎？」

「在下不知，他們就是普通商隊吧。」花想容勉強擠出一絲笑容。

他有些替大院長擔心，一屋子坐的人都是他媽閃電大陸的人，院長不知，還在繼續問下去，難免會問出麻煩來。

「哼哼，他們哪裡是普通商隊，他們是一幫殺手，修為不低，來和我天門作對的人，你說該怎麼辦？」

院長冷冷的問道。

「果然如此，一定要全部滅殺了才好。」坐中，獨幕長老說道，他穿戴打扮就是傀儡門的人，一頂帽子將頭壓的很低。這時候忍不住冒出一句。

「這個人是？」院長銳利目光掃了他一眼。

「傀儡門的一個大弟子，修為不錯，深得門主重用。」花想容道。

就在這時，門忽然關上了。

大家都有些納悶，區區紙糊的門，關上了又能如何？

「花想容，你不要編下去了。」關門的正是徐明，此刻，站在門後冷冷的說道，雙手抱肩一臉的殺氣。

他的身後站著的是秀眉，王嘉明和張一凡，幾個人皆目光炯炯，冷然應對。

「這是怎麼回事兒？」花想容呵呵假笑道。

「這是問你自己吧？」大院長的品了一口茶。

「還說什麼，我們的計畫被識破了。」獨幕長老一扔帽子，露出真容。

「這位朋友，你的修為儘管隱藏了，但氣息不對，根本就不是傀儡門陰暗氣息，你怎麼可能混的進去。」大院長微笑看著他。

「不過，這又能如何？這裡都是我的人。」獨幕長老一招手，所有的人都退到他身後，一下子，花想容孤伶伶的。

「我早就看出來了。」大院長笑了笑並不在意他的張狂。

「花想容，你好大的膽子，和外面的人勾結陷害天門。」徐明厲聲道。

早已面色雪白的花想容嚇得手腳哆嗦，他在院長面前絕對沒有囂張的資格，他太清楚院長的實力了。

噗通一聲跪在地上：「院長，我是被逼的啊，不這樣他們就會殺我。」

「你的事情以後處理。」院長沒功夫搭理他。

「我來幫你清理門戶。」獨幕長老老頭修為不低，也是想顯示一下自己實力，手腕輕揮，一道閃電光芒亮出來，一道如匕首閃電撲哧一下射進了花想容胸膛。

一個血洞出現，花想容嘴裡噴出一口鮮血，張了張嘴倒在血泊中。

「好厲害的電光手。」院長不動聲色的道。

「院長大人，請指點。」獨幕長老微微一笑，手再次揚起，這一次可不是一把匕首，而是一道長矛，帶著電流劈裡啪啦，手一用力，直接像院長投擲過去。

徐明等人臉上驚要叫出來。

剛才射殺花想容的不過是一把匕首般的閃電，而這次是一把丈二長的長矛，非同尋可，要是被射穿，人還不瞬間融化了，這道長矛電流太強大了，不愧是閃電大陸的高手，出手就是不一般。

眼看著長矛就要穿透大院長，只見他後退一步，打出了一拳。

這一拳光波漣漪，形成一個巨大的光圈能量波。

「破！」

只聽嘩啦一聲，那道長矛瞬間被化為碎裂，掀起一陣塵霧和碎化的能量波。

「果然是高手，名不虛傳。」獨幕長老愣了一下，沒想到大院長一拳就破了他的閃電長矛。

「你們究竟是來幹什麼的？」大院長問道。

「哼哼，等擒拿你再說。」獨幕長老冷笑了一下，一招手，身後多了四個人。

「看看我們閃電大挪移陣法吧！」身後四個人已經陀螺般高速旋轉起來。

大院長依舊冷靜無比，對徐明使了一個眼色。

徐明知道自己該做什麼了。

「不要放了那幾個小子，統統給我滅了。」見徐明要走，獨幕長老自然不會讓他輕易的讓他走了，身後幾個高手一躍而上，直奔徐明等人。

這裡，大院長已經和獨幕長老等人戰到一起。

「唰唰！」幾道白光射來。

「快躲！」徐明熟悉機關，隨手一拉，一道鐵牆出現在身後。

接二連三啪啪聲，白光射在鐵牆上，他們順利逃脫。

「看老子如何收拾你們。」徐明惡狠狠丟下一句話。

這時，大門轟然被踢開，又來了十幾個人，一個個神色肅穆，一臉冰冷。但也看得出來，他們都有些眼皮耷拉很有睏意。

「老獨，老獨。」一人一進來就叫了起來。

「這些人有些意思。」徐明覺得奇怪，看到有寧靜後面。

「老大，這些人都喝了蒙汗藥，我估計他們不行了。」寧靜用密音傳輸。

「張一凡，是我們試一下身手時候了。」徐明挺身而出，攔住了這些人的去路。

三個人上來，徐明施展出的「恆河沙數」，近距離出擊，拳風浩蕩，力量生猛，閃電大陸的高手依靠的是閃電的力量釋放閃電波，但如此近距離的格鬥，再加上喝了蒙汗藥，根本就不是徐明的對手。

徐明的身體內只感覺一粒一粒的沙子在呈現出金色的光芒，他爆發了。

如一隻猛虎在人群中呼嘯，不怕死的盡頭讓人有些躲避。

「噗！」一個傢伙到底。口吐鮮血。

「啊！」一個傢伙被一腳踢中，蹲在了地上，脖子上又來了一拳，倒在了地上。

轉眼間，徐明就放到了四個人。

見他如此生猛，寧靜從後面開始攻擊，王嘉明從右路，張一凡從左路，大家都殺氣浩蕩，一個人生猛，激蕩起全體人的血腥力量。就連秀眉也毫不遜色。

寧靜乾脆一撕下蒙著眼睛的布條，一隻血色瞳露了出來，血色瞳孔，能發射出逼人心魂的微波，讓人心生膽寒，失去鬥志，如果修練的高深，只需要眼睛一瞪，就能把一個人殺死。

「血色瞳，原來你是臥底。」閃電大陸的人驚叫連連。

「你們知道的晚了，去送死吧。」幾個人聯合起來，再次血腥屠殺。

不出半個時辰，閃電大陸高手們橫屍在院子裡。

卷四十五　美好未來

院子中間正門嘎吱一下打開了。大院長走了出來，一臉的淡然。

「那個獨幕長老呢？」徐明問道。

「送他們離開了。」大院長面無表情。

不像徐明他們，殺了人心血都在沸騰。只是一頓飯的功夫，就殺了閃電大陸二十個高手，機關才動用了一點兒，這個成績真是不錯。

只剩下那個頭領托馬，還有那個叫哈文的隨從，以及四五個頂級高手了。此外，就是那三個神祕的女人了。

「啪啪啪！」門外傳來清脆的拍掌聲。

「這局設的好，沒想到羅魂天竟然在這裡，設了個局等我來。」只見門口站著五個人，正是閃電大陸的頭領托馬和他的幾個高手。

「是你，托馬？」大院長羅魂天竟然認識他。

「久違了，沒想到時隔十七年，我們又見面了。」托馬微笑的打著招呼。

「長或短說，我這次來是和你要一個人。」托馬道。

「你是說他？」大院長臉色相當難看。

「不錯，就是明少爺，我奉了主人命令，要把他帶走，他已經在這裡生活十四年了，是該回閃電大陸了。」托馬道。

「原來我猜的沒錯，你們其實是為了明少爺。」大院長道。

「請把明少爺交出來吧，不然，我會滅了你的天門。」近乎威脅的口氣，即使死了那麼多的兄弟，他連眼皮都不眨一下。

「我知道你不會交出來的，那就放馬過來吧，我們一試高低。如果我輸了絕對不說半個不字，立刻走人。」托馬很有氣勢的道，這口氣證明他的修為和大院長差不多了。

大院長臉上掠過一絲笑意，道：「本來我是不會交出明少爺的，但現在可以把他交給你，因為他長大了，他有了自己的主見，是該讓他知道一切的時候了。」

「哦，這倒是讓我有點意外。」托馬愣了一下。沒想道對方答應的這麼暢快。

「明少爺近在眼前，你現在可以把他帶走了，當然，你應該問問他願不願意走。」大院長說道。

「在哪裡？」托馬目光看過幾個人。

「徐明，出來吧。」大院長目光和藹的望著他。

「啊，明少爺，就是徐明。」秀眉驚訝的叫了起來。她一心掛念的徐明竟然要被閃電大陸的人帶走，秀眉的心都要碎了。

「他們找徐明幹什麼？」寧靜不解的問。

「一切看起來玄機重重。」張一凡苦笑，他是想不到其中有什麼緣故的。

「徐明，竟然是閃電大陸要找的人，他究竟是什麼身份，何苦勞師動眾。」王嘉明心裡嘀咕道。

「噗通！」只聽齊刷刷一聲，閃電大陸的人都跪在徐明面前。

「屬下見過明少爺。」托馬道，其他人都跟著低頭施禮。

「這究竟是怎麼回事兒？」徐明也愣住了，本來他布下了重重機關，隨堂齋機關才啟動一部分，一場惡戰即將開始，而對方卻不打了要參拜他。

「羅魂天，你是不是該解釋一下了，明少爺至今蒙在鼓裡，你要告訴他真相。」托馬站起來對羅魂天道。

「孩子，過來吧。」羅魂天向他招了招手。

「孩子，你不是天洲的人，你的真實身份是閃電大陸澀美公子的孩子，只是不幸生在了天洲朝，一直在這裡長大，由一個生意人把你養大，他就是你現在的養父。」羅魂天對過來的徐明說道。

「院長大人，我有點亂了，你不是說這幫人是來劫殺天門的嗎，怎麼是來為了我？」徐明道。

「徐明竟然是澀美公子的孩子，只是為什麼會在天洲？」大家都驚奇的互相看了看。

「我其實已經猜到了，不過，為了歷練你的才能，我要看看你能不能應付下來這場劫難，才把這個麻煩放在你身上，現在看來，你面對大局有自己主見，也有很好的管理能力，你的實力可以回閃電大陸開創一番事業了。」大院長慈祥地望著他。

「多謝大院長抬舉，給我歷練的機會，只是，我有一事不明，您為什麼知道我的身份？」

「徐明，你傻啊，真的不認識大院長了嗎？」這時，羅如煙走進來。如果沒有大院長背後撐腰，徐明當初的水平怎麼可能進入天門學府，李如煙自然知道實情。

看到李如煙過來，閃電大陸的人皆一驚，沒想到，這個老闆娘竟然也是高手，混到了他們眼皮底下，這次幕後指揮的人確實高明。

「徐明，你仔細看看。」羅如煙道。

徐明一直沒認真的看過大院長的臉，這時候抬起頭看著大院長，大院長笑了笑，隨即臉上發生了變化，顴骨微微凸起，臉龐在內力擠壓下，變的瘦小起來。原來他是用氣改變了容貌。

「師父？」徐明吃驚叫了起來，原來，他的師父燕翔子竟然就是大院長羅魂天。這簡直太不可思議了，一下子他就熟悉起來，畢竟兩個人生活三年時光。

「師父，怎麼會是你？你真的是天門大院長？」徐明好奇問道，在師父面前他一點兒也緊張了。

「當然是我，那三年在中州，我是在修練閉關，燕翔子，是我出道時候用的名字，很少有人知道，當然，羅如煙是知道的，所以，你很容易就被錄取了。」大院長笑道。

「你不是和花月容戰鬥中失敗，進入地下修練了嗎？」徐明記得師父要去地下修練，一年才出來，這又是怎麼回事兒？

「哈哈，區區花月容豈能是我的對手，我不過是製造一個虛幻而已。」羅魂天苦笑，他年輕時候和花月容確實有過一段時間戀情，但沒有多長，愛的也不深，至少他這麼認為，但就此得罪花月容，後來花月容踏入魔道，都是因為用氣走偏，意氣用事，越來越變得險惡。燕翔子自然看不慣他。

「哈哈哈，只怕還有一個祕密沒有和你說吧，為什麼他連大院長都不做，要去和你住三年？」這時候，托馬忽然大聲笑起來。

「是啊，這是為什麼？」徐明也抬頭問羅魂天。

羅魂天沒有說什麼，眉頭一皺，很是難為情，最後托馬替他說了：「很簡單，因為他才是你的親生父親。」

「啊！」眾人失口驚叫，本來，徐明的師父是大院長都夠驚奇的了，這下托馬放出了一個重磅炸彈，羅魂天竟然是徐明的親生父親，這，也太離譜了吧……

張一凡喃喃道：「這小子，前幾天還靠著販賣門主的情事賺錢，這下有得寫了……」

「什麼，大院長是我的父親……」徐明驚的說不出話來。

大院長臉色平靜，點點頭道：「徐明，他說的不錯，我是你的親生父親。」

「這到底是怎麼回事兒？」徐明大聲叫道，幾欲發狂。

「唉！」大院長歎了一口氣道：「這是十四年前的事了，當年，我為了提升歷練，曾經獨闖過閃電大陸的少林學院，據說那裡高手如雲，我想去以武會友，互相學習學習。由此，就認識了少林學院的長老，當然，還有眼前這些人，包括托馬……托馬，你想不到你離開了少林學院，效忠皇家了。」

「哼！人各有志。」托馬道。

「後來呢？」徐明問道。

「後來，我在遊歷途中，結識了你的母親澀美公主，我們兩人陷入愛河。再後來她懷孕了，但我不可能娶她，現實就是這樣，她也不可能嫁給我，因為她是閃電大陸公主，而我是天洲的人，這兩塊大陸從來沒有通婚先例，更不會允許皇族的人下嫁到我這裡，萬般無奈之下，我帶你母親偷偷潛回天洲，在天洲生下了你，我把他託付給你現在的養父，然後你母親就回去了，從此我們再沒有見面。」大院長說完這段感情已經是無語哽咽。

「原來是這樣。」徐明沒有態度，沒有反抗更沒有暴起，只是默默說了一句，傻傻的站在那裡。

「徐明，和我回閃電大陸吧，那裡才是你的家，有你的母親，你有皇族血脈，未來也是我閃電大陸精英。甚至很有可能是未來皇儲，因為你母親很有可能繼承王位，你母親一直單身沒有出嫁，你是她唯一的兒子，所以，她才迫不及待的要找到你回去。」托馬上前一步，臉色莊嚴而恭敬。

「徐明，這是王室的托馬，如果你想見你的母親，跟著他走吧。」大院長道。

托馬一步步向徐明走了過來。正要說什麼，忽然間，他猙獰一笑。

一旁的哈文急忙叫道：「當心。」

就在此時，托馬以迅雷不及掩耳之勢開始對徐明展開了進攻。一拳電光閃耀，帶著劈裡啪啦的閃電砸向了徐明的頭顱。

眾人被眼前的一切搞得驚呆了，這到底是怎麼回事兒？托馬怎麼會對徐明下毒手！

徐明還陷在傷感之中，那裡會想到托馬對他下毒手。

「轟！」周圍激蕩起一股旋風，托馬的拳頭毫無阻攔落下，他的修為和大院長級別一樣，人群中只有大院長能攔住他，但此時大院長一臉悲傷，那裡會料到突然襲擊。

哈文眼睛一閉，心道，完了，徐明完了，原來托馬果然不是來找徐明的，他是來殺徐明的，我就說主人怎麼會派他來，他根本就不是主人心腹！我們都被他陷害了，今後怎麼向主人交代，他就是那個潛伏在主人身邊的王子黨的人，王子覬覦王位，國王傳位公主，王子怎麼會沒有行動，沒想到，竟然是這次行動，王子果然陰險！

這下，他們這些隨從也都陷入驚恐之中，殺了徐明，如何向主人交代？

托馬這是要陷眾人不義。

就在危機剎那間，就見一道閃電如柱，一下從牆外擊穿。亮光一閃，一聲大喝：「住手。」

「砰！」一道閃電擊中托馬，他驚叫一聲，捂住胸口，胸口上已經被擊穿拳頭大小的窟窿，驚恐的臉色，抬頭看去，只見院子牆上站著三個人。

正是住在悅來客棧公主派來監軍的那三個女人。

「主人？」閃電大陸的人驚叫起來，

他們之前根本就不知道主人會在隊伍裡，只是在她出手時，完全是皇家的獨門功夫，閃電拳修為已到九層，不會是主人又是誰。

「托馬，我早就知道你是王子的人，這次讓你帶隊，我就是要揪出潛伏在我陣營中的異類，你果然不出我的所料，我找自己的兒子，怎麼會放心讓你來，我早就化妝成監軍，潛伏在隊伍裡，只是你一直沒有發現。」

牆上，中間那女人冷冷的道。

「托馬，你竟然敢殺明少爺，簡直是活膩了。」一旁，兩個婢女說道，同時，手上也不閒著，說話間人已經到托馬身邊，托馬中了一拳，想抽身走談何容易，這兩個婢女可不是吃素的，個個都是高手，三下五除二把托馬五花大綁。

「澀美……」大院長看著眼前的美女，情不自禁的望著他，目光無限柔情。

來的正是澀美公主，徐明的母親，她對大院長點點頭，沒有什麼表情，走過去將徐明扶起來，目光親切的看著他，也不理會大院長的目光，她的世界只有徐明。

「明兒，記得我嗎？我們見過面的。」一雙溫暖的手緊緊握著徐明的手。

「媽媽對不起你，讓你受了這麼多年的委屈。」眼中已是淚水四溢。

「媽媽？」徐明從小沒有親媽，這時候見了親媽也有點陌生。

「傻孩子，我就是你的親媽啊！」

「媽媽。」徐明撲到她懷裡，放聲大哭起來，他終於找到媽媽了，十四年了，他總是想自己媽媽是什麼樣子，養父說她早就死了，沒想到媽媽還活著，還來找他了。兩人抱著一團放聲大哭，惹得周圍的人都跟著落淚。

「你們母子相見，了卻了我的一樁心願。」大院長含著淚滿是欣慰的笑了。

這時候，天空泛起魚肚白，天快亮了，太陽照常升起，每一天都是新的。

經過了一天折騰，閃電大陸的人和天門的人在桃花鎮口分別。

「羅魂天，你多保重。」澀美公主深情的望了他一眼。

「澀美……我……對不起你，沒有能把徐明帶好。」大院長愧疚的道。

「什麼都不用說了，他很優秀，我很高興，見到兒子比什麼都強，哪怕是王位也沒有我的兒子重要。」澀美道。

天邊朝霞出來了，太陽格外的紅，朝霞萬道，眾人的臉都呈現紅色。

「徐明，媽媽千辛萬苦來接你，你一定要和我回去。」澀美拉著徐明的手道。

徐明想了想，臉上露出親切的笑容，「媽，對不起，我不能和你回去。」

「為什麼？」澀美臉上露出了失望的神色。

「因為我有很多事都沒有做完，我還要在天門發展。」他道。

「孩子，你會讓媽媽傷心的。」澀美低下了頭。

聽到徐明不走，秀眉的臉上像花一樣盛開。

「媽媽，難道你不希望兒子有一天會強大嗎？」

「當然希望。」

「等到兒子歷練幾年再去找您，現在我還需要歷練，天門能給我最好的機會。」徐明握著媽媽的手道。

「唉！孩子，」澀美的淚水又滾落下來，擦了擦眼淚，無奈的說：「那，媽媽再等你幾年。」

「再見了，媽媽。」

「再見了，孩子，媽媽等你的來閃電大陸，這裡也有你的一番事業啊！」

兩隊人馬在一片一望無際的桃樹下分別。

揮手，再揮手。依依不捨，相看淚眼。

走了很遠了，依舊在回望，揮手，直到人看不見了，徐明大踏步向著天門走去，天邊的朝霞凝在他的背影，為他塗上了一層金色光芒，他朝著自己的未來走去，前方不測、美好、未知，一切的一切都在等待著他。

要冒險03　PG1053

要有光
FIAT LUX

暗箭
——原創武俠小說

作　　者　獨幕劇聖手
責任編輯　劉　璞
圖文排版　張慧雯
封面設計　王嵩賀

出版策劃　要有光
製作發行　秀威資訊科技股份有限公司
114 台北市內湖區瑞光路76巷65號1樓
電話：+886-2-2796-3638　傳真：+886-2-2796-1377
服務信箱：service@showwe.com.tw
http://www.showwe.com.tw
郵政劃撥　19563868　戶名：秀威資訊科技股份有限公司
展售門市　國家書店【松江門市】
104 台北市中山區松江路209號1樓
電話：+886-2-2518-0207　傳真：+886-2-2518-0778
網路訂購　秀威網路書店：http://www.bodbooks.com.tw
國家網路書店：http://www.govbooks.com.tw
法律顧問　毛國樑　律師
總 經 銷　易可數位行銷股份有限公司
地址：新北市新店區中正路542之3號4樓
電話：+886-2-8219-1500　傳真：+886-2-8219-3383
e-mail：book-info@ecorebooks.com
易可部落格：http://ecorebooks.pixnet.net/blog

出版日期　2013年10月　BOD一版
定　　價　300元

國家圖書館出版品預行編目

暗箭：原創武俠小説 / 獨幕劇聖手著. -- 一版. -- 臺北
市：要有光, 2013. 10
面； 公分
BOD版
ISBN 978-986-89516-9-3 (平裝)

857.9 102015827

讀者回函卡

感謝您購買本書，為提升服務品質，請填妥以下資料，將讀者回函卡直接寄回或傳真本公司，收到您的寶貴意見後，我們會收藏記錄及檢討，謝謝！
如您需要了解本公司最新出版書目、購書優惠或企劃活動，歡迎您上網查詢或下載相關資料：http:// www.showwe.com.tw

您購買的書名：______________________________

出生日期：________年________月________日

學歷：□高中（含）以下　□大專　□研究所（含）以上

職業：□製造業　□金融業　□資訊業　□軍警　□傳播業　□自由業
　　　□服務業　□公務員　□教職　□學生　□家管　□其它____

購書地點：□網路書店　□實體書店　□書展　□郵購　□贈閱　□其他

您從何得知本書的消息？

□網路書店　□實體書店　□網路搜尋　□電子報　□書訊　□雜誌
□傳播媒體　□親友推薦　□網站推薦　□部落格　□其他________

您對本書的評價：（請填代號　1.非常滿意　2.滿意　3.尚可　4.再改進）

封面設計____　版面編排____　內容____　文／譯筆____　價格____

讀完書後您覺得：

□很有收穫　□有收穫　□收穫不多　□沒收穫

對我們的建議：______________________________

____

____

____

請貼
郵票

11466
台北市內湖區瑞光路 76 巷 65 號 1 樓
秀威資訊科技股份有限公司 收
BOD 數位出版事業部

（請沿線對折寄回，謝謝！）

姓　　名：＿＿＿＿＿＿＿＿　年齡：＿＿＿＿　性別：□女　□男

郵遞區號：□□□□□

地　　址：＿＿＿＿＿＿＿＿＿＿＿＿＿＿＿＿

聯絡電話：(日)＿＿＿＿＿＿＿＿　(夜)＿＿＿＿＿＿＿＿

E-mail：＿＿＿＿＿＿＿＿＿＿＿＿＿＿＿＿